WLADIMIR KAMINER

Schönhauser Allee

Wladimir Kaminer

Schönhauser Allee

MANHATTAN

Originalausgabe 2001

Umwelthinweis:
Dieses Buch und der Schutzumschlag
wurden auf chlorfrei gebleichtem Papier gedruckt.
Die Einschrumpffolie (zum Schutz vor Verschmutzung) ist aus
umweltschonender und recyclingfähiger PE-Folie.

Manhattan Bücher erscheinen im Goldmann Verlag,
einem Unternehmen der Verlagsgruppe Random House GmbH

Sonderausgabe

Umschlaggestaltung: Design Team München
Umschlagfoto: TIB
Satz: Uhl + Massopust, Aalen
Druck und Bindung: GGP Media, Pößneck
Titelnummer: 54559
Made in Germany
ISBN 3-442-54559-5
www.manhattan-verlag.de

Inhalt

Blut auf der Schönhauser Allee

Mein Freund und Namensvetter Wladimir wohnt mit seiner Familie genau gegenüber auf der anderen Seite der Schönhauser Allee. Manchmal scheint er ein richtiger Doppelgänger von mir zu sein, oder ich von ihm. Er ist so alt wie ich, trägt denselben Namen wie ich, dieselben Klamotten, und er hat ebenfalls eine Frau und zwei Kinder. Auch seine Wohnung ist ganz ähnlich, er raucht dieselbe Zigarettenmarke und kauft dieselben Lebensmittel immer zur gleichen Zeit im gleichen Supermarkt wie ich. Das Einzige, was uns unterscheidet, ist die Tatsache, dass seine Frau eindeutig brünett ist, meine aber nicht. Neulich beim Einkaufen bemerkte ich noch einen Unterschied: Wladimir war offenbar plötzlich Vegetarier. Er kaufte Unmengen von gefrorenem Gemüse, sah dabei jedoch ganz unglücklich aus. »Ich kann kein Fleisch mehr sehen«, gestand er mir in der Schlange vor der Kasse. Auf dem Rückweg nach Hause erzählte er, wie es dazu gekommen war.

Vor ungefähr einer Woche fand er auf der Autobahn ein überfahrenes Wildschwein. Siebzig Kilo Fleisch lagen auf der Straße – einfach so. »Ein Geschenk des Himmels«, dachte Wladimir und zerrte das tote Tier in den Kofferraum seines alten Mazda. Er hatte sich gerade am Vormittag mit seiner Frau verkracht, weil sie morgens immer so missgelaunt war, und wollte ihr nun das Wildschwein als eine Art Wiedergutmachung mitbringen: »Ein Geschenk für dich, Liebling!«, so ungefähr stellte er sich das vor. Die Sau blutete ihm sofort den ganzen Kofferraum voll. Als Wladimir an einer Raststätte anhielt, um zu tanken, bemerkte der Wirt: »Da tropft Blut aus Ihrem Kofferraum, vielleicht sollten Sie mal nachschauen.« »Danke, ist schon gut, ich weiß Bescheid«, antwortete Wladimir und lächelte freundlich. Der Mann sagte nichts mehr und wollte von Wladimir auch kein Geld mehr für Benzin haben.

Als er in der Schönhauser Allee ankam, war es schon spät. Er musste das Wildschwein allein in den vierten Stock zerren. Dabei rutschte ihm das Tier mehrere Male die Treppe runter. Oben angekommen war er fix und fertig. Die Treppe und seine Klamotten waren voller Blut. Dazu kamen ihm die ersten Zweifel: Vielleicht war das Wildschwein doch keine so gute Geschenkidee? Nun war es jedoch zu spät. Er konnte den Kadaver unmöglich entsorgen. Seine Frau war nicht zu Hause, die Kinder bereits im Bett. Wladimir legte das Schwein in die Badewanne, nahm alle Waschlappen, die er in der Wohnung finden konnte, und ging ins Treppenhaus, um aufzuwischen.

Inzwischen hatten seine Nachbarn die Polizei alarmiert. Sie hatten den Streit am Morgen mitbekommen und waren nun fest davon überzeugt, dass Wladimir seine Frau umgebracht hatte. Als die LKA-Einheit ankam und die Blutspritzer vor dem Haus sah, forderte sie sofort Verstärkung an. Bis an die Zähne bewaffnet stürmten die Beamten das Haus und fanden Wladimir auf der Treppe mit einem Eimer Wasser und einem Waschlappen in der Hand, wie er das Blut wegwischte. »Ich mache alles wieder gut«, versprach Wladimir den Polizisten. Sie legten ihm dennoch Handschellen an und betäubten ihn ein wenig – zur Sicherheit. Danach folgten die Polizisten den Blutspuren nach oben und entdeckten im Waschraum das Wildschwein.

»Das ist aber nicht Ihre Frau«, wunderten sie sich.

»Nein«, erwiderte Wladimir, »meine Frau ist brünett.«

»Und wo ist sie jetzt?«

»Ich weiß nicht«, sagte Wladimir wahrheitsgemäß.

Die Polizisten zerrten das tote Tier zu viert nach unten. Mein Doppelgänger musste natürlich als mutmaßlicher Täter mit aufs Revier. Ein Selbstmord kam nicht in Frage. Im Grunde ist Wladimir dann doch noch verhältnismäßig heil aus der Geschichte herausgekommen: mit zweitausend Mark Strafe. Aber jetzt kann er kein Fleisch mehr sehen und ist insofern auch kein Doppelgänger mehr von mir. Nun muss ich ganz alleine im Supermarkt an der Fleischtheke anstehen.

Händler auf der Schönhauser Allee

Merkwürdige Dinge ereignen sich in Berlin. Nach einer langen Pause breitet sich die vietnamesische Handelskette »Lebensmittel« im Ostteil der Hauptstadt weiter aus. Auch bei uns im Haus an der Schönhauser Allee. Nachdem das »Kinderparadies« wegen Konsumentenverachtung endgültig schließen musste, hing ein großer Zettel am Schaufenster: »Hier eröffnet demnächst Laden Lebensmittel.« Schon am ersten Tag lernte ich die fünf Vietnamesen kennen, die den Laden betrieben: vier Männer und eine Frau. Alles mutige Händler. Trotz völligen Fehlens von Sprachkenntnissen und großer Zählunfähigkeit – oder gerade deswegen – war der Laden immer voll. Denn jeder Kunde brauchte mindestens eine halbe Stunde, um seinen Kauf zu tätigen. »Ich wollte ja nur wissen, was diese Pilze kosten!«, jammert ein junger Mann mit Pilzkorb in der Hand zum fünfzehnten Mal. Doch die beiden an der Kasse stehenden Vietnamesen, die Kassiererin und ihr junger freundlicher Zahlenübersetzer, lassen sich von der Kundschaft nicht provozieren und schweigen weiterhin würdevoll. Der dritte Verkäufer ist vor dem

Geschäft mit Gemüse beschäftigt. Dabei kommt er mit einem einzigen Satz gegenüber der Kundschaft aus: »Vielleicht lieber das?« Das passt immer, weil die meisten Deutschen so verdammt wählerisch sind und sich nie zwischen zwei Äpfeln entscheiden können.

Jedes Mal, wenn ich einkaufen gehe, freue ich mich auf die Vietnamesen. Sie bringen in die prosaische Pflichthandlung »Besorgungen erledigen« ein spielerisches Element, man muss sich als Kunde immer etwas einfallen lassen und auf alles gefasst sein. Das Warensortiment wird von zwei weiteren Vietnamesen aufgefüllt, die fünfmal am Tag schwere Kisten in den Laden tragen. Die meisten Lebensmittel sind den Betreibern unbekannt, denn sie selbst essen etwas völlig anderes. Man riecht es jeden Tag in ihrer Mittagspause im Hausflur. Diese exotischen Gerüche, die unser Haus erfüllen, sind schwer zu beschreiben. Ich stelle mir dabei einen frittierten Hund mit Ananas vor.

Die meisten Produkte werden im Laden scheinbar wirr ausgelegt, doch schnell habe ich in diesem Durcheinander ein System entdeckt. Die Vietnamesen ordnen die Dinge nicht nach dem oft unklaren Inhalt, sondern nach ihrem Äußeren. So kommt alles, was Büchse ist, in das eine Regal, alles, was Flasche ist, in das andere und alles, was in Folie oder Papier eingewickelt wird, in ein drittes Regal. Wenn sie die richtigen Preise nicht wissen, schätzen sie den Wert der Ware nach ihrer Größe. Auf der irischen Butter, die ich einmal zwischen Seife und

Butterkeksen fand, stand ein Preis von 0,37 DM, dafür waren die Butterkekse wegen ihrer Größe eindeutig überteuert. Die Flasche mit fragwürdigem Mango-Mandarinen-Fruchtsaft-Diätgetränk musste, nach ihrem Preis zu urteilen, mindestens zehn Jahre mit Jack Daniels in einem Fass gereift sein.

Mittlerweile ist es mir zu einem Bedürfnis geworden, im Vietnamesen-Laden einzukaufen. Es ist auch sehr praktisch, weil dort zu jeder Tageszeit jemand da ist: wenn nicht vorne, dann im Hinterzimmer, wo es nach dem süßen Hund riecht. Die Vietnamesen kennen mich auch bereits, und ich darf ausnahmsweise selbst auf den Kassenknopf drücken. Um so größer war meine Enttäuschung, als ich neulich den Laden geschlossen fand. Im Schaufenster hing ein Zettel: »Wegen Urlaub ist der Laden vom 30. 6. bis 1. 7. geschlossen.« »Das sind wirklich Arbeitstiere!«, rief die Verkäuferin aus dem Jeansladen nebenan entsetzt, »einen Tag Urlaub machen!« Schade eigentlich, dass wir keine gemeinsame Sprache haben, sonst könnten sie mir morgen ihre Urlaubsabenteuer erzählen, dachte ich und ging an diesem Tag woanders einkaufen.

Frühstück

Jeden Tag nach dem Frühstück mache ich meinen Rundfunkempfänger an und lausche den Nachrichten aus meiner Heimat. Von besonderem Interesse ist für mich zur Zeit, ob die sibirischen Bewohner, die vor zwei Monaten in Hungerstreik traten, noch am Leben sind. Sie hatten in Krasnojarsk aus Protest gegen die Kälte den Hungerstreik angekündigt, und danach habe ich nichts mehr von ihnen gehört. Dieses Gebiet wird seit November vorigen Jahres nicht mehr mit Strom versorgt, weil die Regierung die Stromrechnungen nicht bezahlt hatte. Der Gouverneur General Lebed sagte daraufhin dem Frost und der Kälte den totalen Kampf an und startete eine Kampagne für gesünderes Leben. Er selbst ging als gutes Beispiel voran, indem er jeden Tag öffentlich auf dem Eis joggte – bis der letzte Fernseher ausging.

Heute Morgen kam wieder mal etwas Neues über ihn im Radio. Ein bisschen Strom haben sie also doch noch, sonst würde ich die Stimme des Generals im Rundfunk gar nicht hören können. »Ich werde persönlich dafür sorgen«, sagte der General, »dass die Wärme in unserem Gebiet in kürzester Zeit wiederhergestellt wird.« Das hat er schön ausgedrückt. Mit »Wärme« meint der General natürlich nicht die Stromversorgung, sondern den Sommer. Er spielt ein Spiel, das man gar nicht verlieren kann. Ende April waren die Menschen in Sibirien schon immer gespannt – alles dreht sich nur noch um das eine: Kommt nun der Sommer oder nicht?

Sollte dies der Fall sein und der Sommer wirklich kommen, dann wird der General sagen: »Seht ihr, das ist für mich nicht leicht gewesen, aber was tut man nicht alles für sein Volk«. Wenn aber der Sommer dieses Jahr Sibirien meidet, wird der General sagen: »Die Kräfte der Natur sind stärker als die Gesetze der Wirtschaft und der Politik, wir müssen vor diesen Kräften den Hut ziehen.« Er ist ein weitsichtiger Politiker.

Lebed hat +4 Dioptrien. Doch eine Brille zu tragen, kommt für den General nicht in Frage, und Kontaktlinsen halten in der sibirischen Kälte nicht lange. Deswegen hat er sich in seinen BMW +4-Dioptrien-Glasscheiben einbauen lassen. Ein Bekannter meines Vaters, ein Offizier, der einmal im Auto des Generals saß, erzählte: Für einen Menschen mit normaler Sehkraft ist das derart unerträglich, dass er schon nach zehn Minuten kotzen muss. Ein Glück, dass ich nicht in Sibirien lebe! Bei uns in der Schönhauser Allee ist das ganze Jahr über schönes Wetter angesagt, die vielen Autos, die Tag und Nacht auf der Allee fahren, erhöhen die Außentemperatur erheblich, und die U-Bahnen bremsen den Wind. Und auch sonst ist hier einiges anders als in Sibirien. An jeder Ecke werden bei uns Kuchen gebacken und verkauft, im »Ostrowski« sogar am Sonntag, und nachts kann man sich im Burger King schräg gegenüber von unserem Haus ernähren. Dieses Gefühl kennt man in Sibirien gar nicht: Plötzlich wachst du um drei Uhr nachts mit einem Hungergefühl auf und gehst einfach auf einen Snack rüber ins Schnellrestaurant.

Die ganze Brigade stand vor der Tür, als ich letzte Nacht dort aufkreuzte: »Guten Morgen, möchten Sie vielleicht ein paar Cheeseburger kaufen, ganz frisch, zum halben Preis? Oder fünf Stück für fünf Mark, was halten Sie davon?« Ich wurde angesichts solch ungewöhnlich hoher Aufmerksamkeit verlegen. Der King macht doch sonst nie Sonderangebote. Vielleicht hielten sie mich für einen anderen. »Wieso?«, fragte ich, »was ist denn los?«

»Eine typische Geschichte für diese Gegend, eigentlich nichts Besonderes, aber ich erzähle sie Ihnen, damit Sie sich nicht verarscht fühlen«, sagte die Chefin. »Die Burger sind nämlich wirklich frisch. Vor einer halben Stunde riefen uns irgendwelche Jungs an und bestellten 100 Cheeseburger für eine Party. Kurz vor Ihnen kamen sie, um alles abzuholen und wollten mit einem falschen 500-DM-Schein zahlen, da habe ich sie wieder weggeschickt.«

»Na gut«, sagte ich. »Fünf Cheeseburger zum Mitnehmen, aber bitte ohne Käse, den mag ich nämlich nicht.«

»Den Käse machen wir Ihnen gerne weg«, freute sich die Brigade.

Ein Stern namens Larissa

Das Leben auf der Schönhauser Allee gleicht oft einem Film, einer Gegenwartsfiktion mit großen Produktionskosten und unzähligen Statisten. Kaum geht man aus dem Haus, schon steckt man in einer aufregenden Episode: die Flugzeuge, Straßenbahnen, Züge, Autos und Radfahrer sorgen für große Turbulenzen und verschaffen einem so die Illusion ewiger Bewegung. Alles dreht sich um dich. Auch viele Liebesgeschichten, die sich in unserer Gegend abspielen, haben inzwischen etwas Cinematographisches an sich. Zum Beispiel die von Erik und Larissa.

Erik ist Besitzer des Spielsalons »Pure Freude« und stammt ursprünglich aus Baku. Er entwickelte sich erst in Deutschland zu einem Spielkasinobesitzer, in seinem früheren Leben war er Musiker und spielte Heavymetal. Seine Band hieß »Black Town«, und war vor zehn Jahren die erste und anscheinend auch die letzte Heavymetal Band der aserbeidschanischen Hauptstadt Baku.

Damals hatte Erik kein Geld, dafür aber lange Haare und viele Freunde. An jedem Wochenende spielte »Black

Town« ihren Heavymetal im Restaurant »Ölarbeiter« auf dem Lenin-Boulevard und hatte sogar schon fast einen Plattenvertrag in Saudi-Arabien in der Tasche, da brach plötzlich ein großes Massaker in der Stadt aus: Die Perser gingen auf die Armenier los, und Erik, als Armenier, musste über Nacht abtauchen. Irgendwie gelangte er dann nach Deutschland – »mit dem Zug«, wie er selbst erzählte. Drei Jahre spielte er danach in Deutschland auf der Straße Geige, ohne jegliche Perspektive. Bis er endlich politisches Asyl bekam, sich die Haare schnitt und zum Besitzer eines Spielkasinos wurde. Das Geld dafür liehen ihm ein paar reiche Armenier, und seine ersten sieben Glücksspielautomaten schraubte er sich eigenhändig aus dem Müll zusammen. Auf der Schönhauser Allee fanden sich genug Kunden, die seine Maschinen regelmäßig mit ihrem Geld fütterten. Eriks Traum vom Wohlstand ging langsam in Erfüllung, doch nun litt er verstärkt unter Einsamkeit.

Jedes Mal, wenn er bei uns vorbeischaute, beklagte er sich über sein ödes Privatleben.

»Ich finde nie eine richtige Frau!«, seufzte er.

»In den ›Schönhauser Arcaden‹ findest du alles«, antwortete ich automatisch. Das ist eigentlich ein Werbespruch des Kaufhauses: »Bei uns finden Sie alles«, steht auf dem großen Plakat, auf dem ein Mann mit einer zu ihm passenden Frau und zwei Kindern – einem großen Jungen und einer kleinen Tochter – glücklich lächelt. Das Bild lässt vermuten, dass der Mann seine wunderbare

Familie, ebenso wie sein ganzes Outfit gerade in den Arcaden erworben hat und deswegen vor Freude strahlt. Doch sicher nicht wegen ein Paar Schuhen. Jedes Mal, wenn ich gefragt werde, wo findet man dies oder das, sage ich, ohne nachzudenken: »In den Arcaden.« Dieses Kaufhaus ist die Zaubermuschel des Bezirks.

Erik lacht aber nur über meinen Einkaufstipp.

Zwei Wochen später, wie es in einem Film üblich ist, traf ihn der Schicksalsschlag: Er verliebte sich unsterblich in die Parfümverkäuferin Larissa aus der »Douglas«-Parfümeriefiliale – in den »Schönhauser Arcaden«. Jeden Tag ging er nun hin, um ein wenig mit der Frau zu plaudern und ein paar kleine Parfümartikel zu kaufen. Das war ein teurer Spaß! Larissa erwies sich als eine sehr verwöhnte Frau und erwartete von Erik ganz besondere Geschenke: Parfüm, Kleider und Schmuck fand sie banal.

»Sie will mit mir nicht mal ins Kino gehen«, beschwerte sich Erik.

»Ihr müsst nicht ins Kino, ihr seid selbst großes Kino«, unterstützte ich Larissa.

»Ich muss mir etwas Besonderes einfallen lassen«, meinte Erik.

Er überlegte nicht lange, schraubte eines Tages seine Automaten auseinander, nahm das Geld heraus und fuhr nach Moskau. Dort kauft er für Larissa in einem Observatorium einen Stern im Wert von 500,– Dollar. Das war ein unsichtbarer Stern, ein sichtbarer war erst ab 3000,– Dollar zu haben. Dafür bekam Erik ein richtiges Zertifikat, dass er der einzige Besitzer und Herrscher eines kleinen Sternes im Sternbild der Waage war, mit dem er nun machen konnte, was er wollte. Rein theoretisch natürlich. Er konnte diesem Stern selbst einen Namen geben, ihn jemandem schenken oder ihn weiterverkaufen. Nur ankucken konnte er ihn nicht, weil es eben ein unsichtbarer Stern war.

Erik nannte seinen Stern Larissa und schenkte das Zertikat der Parfümverkäuferin von »Douglas«. Solch einer romantischen Geste konnte Larissa nicht widerstehen und ging mit Erik ins Kino. »Hast du eigentlich noch etwas Geld übrig?«, fragte sie ihn besorgt, »wir müssen nämlich ein Teleskop kaufen.«

»Das brauchen wir nicht«, erwiderte Erik, »du bist mein Stern, und ich möchte, dass du immer neben mir leuchtest.«

Sie schwiegen und schauten auf die Leinwand des Colosseum-Kinos Nummer 9, wo gerade »Star Wars – Die dunkle Bedrohung« lief.

Junggesellen und Familienwirtschaft

Drei große Familien leben in unserem Haus an der Schönhauser Allee: eine vietnamesische Familie mit drei Kindern und einer Oma, eine moderne islamische mit drei Frauen und einem Mann und eine russische – meine. Die drei weiteren rein deutschen Haushalte bestehen aus Junggesellen. Direkt unter uns wohnt Hans, ein Mann Ende vierzig; uns gegenüber eine junge sportlich-disziplinierte Frau; ein Stockwerk höher eine junge lässige.

Der alte Junggeselle Hans gibt viel Geld für die Einrichtung seiner Wohnung aus. Er hat einen modernen Tisch mit einem Loch in der Mitte, aus dem eine große Pflanze herauswächst, außerdem mehrere Lavalampen, ein Futonbett und ein Riesenaquarium mit Umwälzpumpe und allem was dazugehört. Er ist ein offener Mensch und interessiert sich für die schönen Künste. Neulich erwarb er für viertausend Mark ein abstraktes Gemälde, Öl auf Leinwand, das er im Fernsehen gesehen hatte. Es erinnerte ihn an seine Ex-Freundin. Ansonsten ist er sehr sparsam. Hans hat mehrere Liebesgeschichten auf Lager, alle mit tragischem Ausgang: Entweder wurde die Frau verrückt, oder sie wanderte nach Amerika aus, fiel unter die Straßenbahn, heiratete einen Schwarzen in Stettin oder verschwand auf andere Art aus seinem Leben. Seine Wohnung riecht leicht nach Benzin und frischen Zeitungen. Hans hat viel für fremde Kinder übrig, seine Liebe zu ihnen ist die eines Weihnachtsmanns. Immer findet er irgendwelche Süßigkeiten in seinen Taschen. Bei den vietnamesischen Kindern ist der »gute Onkel von oben« bereits eine Legende. Zu seinen eigenen Kindern, die aus seinen tragischen Liebesgeschichten entstanden sind, hat er aus unerfindlichen Gründen keinen Kontakt.

Bei den Vietnamesen hat man das Gefühl, dass dort ununterbrochen gewaschen und gekocht wird. Der süßfleischige Geruch, der sich bei uns im Treppenhaus verbreitet, lässt mich an so exotische Sachen denken, wie gebratener Hund mit Ananas oder geräucherte, in Honig eingelegte Tauben. Ich habe bereits mehrere Telekomrechnungen für diese Familie übersetzt, und weiß dank meiner Besuche in ihrer Wohnung, dass ein Großfamilienleben von weitem viel schlimmer aussieht als in Wirklichkeit. Es ist, als würde man einen Krieg im Fernsehen verfolgen. Auf dem Bildschirm sieht alles komplett zerstört aus, die Bomben haben ihre Ziele erreicht, Rauchwolken ziehen vorüber, nichts als Schutt und Asche überall. Man denkt, da unten läuft gar nichts mehr. Doch wenn man da ist, erkennt man: das Leben brummt, viele Unverletzte springen herum.

Die junge Alleinstehende aus der Wohnung gegenüber

lässt sich ihre Haare kurz schneiden und joggt jeden Tag im Morgengrauen die Schönhauser Allee auf und ab. Sie bekommt regelmäßig einen Spezialkatalog für Sportwaffen und -klamotten zugesandt, der in keinen Briefkasten passt. Die Frau fährt ein Motorrad und wird uns bestimmt beschützen, falls Außerirdische unser Haus angreifen.

Die moderne islamische Familie direkt über uns besteht ebenfalls aus lauter Sportsfreunden und macht den meisten Krach. Was genau diese merkwürdigen Geräusche verursacht, ist immer noch ein Rätsel für uns. Im Laufe des letzten Jahres gelangte ich durch ständiges ungewolltes Zuhören zu der Überzeugung, dass sie aufeinander reiten. Am Nachmittag wird so etwas Ähnliches wie Fußball gespielt. Mit vielen Toren. Ab 20.00 Uhr ist Rennen angesagt. Eine Runde – eine Stunde. Danach werden anscheinend die Pferde ausgewechselt, und es geht wieder von vorne los. Um Mitternacht werden die Gewinner ermittelt und die Preise ausgehändigt.

Die lässige Junggesellin im ersten Stock scheint eine Schauspielerin oder Künstlerin zu sein. Sie trägt schwarze Kleider und raucht lange dünne Zigaretten. Sie genießt ihr freies Leben und befindet sich permanent in fröhlicher Geschäftigkeit, als würde sie andauernd eine Feier oder eine Party vorbereiten, die immer wieder aufgeschoben wird. Wenn sie mir oder einem anderen auf der Treppe begegnet, macht sie gern ein bisschen Theater. Doch das Leben lässt sich nie ganz in ein Theater umwandeln, deswegen kriegt die Frau ab und zu Depressionen. Besonders wenn ihre Mutter zu Besuch kommt, eine ältere, gut aussehende Dame, die ebenfalls schwarze Kleider trägt und lange dünne Zigaretten raucht, was irgendwie rührend wirkt.

Als der Winter richtig losging und die CDU-Spendenaffäre eskalierte, veränderte sich auch das Leben in unserem Haus rasant. Oben wurde nun viel weniger geritten, es klang eher nach einem Schachspiel. Der alte Junggeselle Hans legte sich eine gelbe Krawatte zu, wechselte die Sommerreifen an seinem Polo aus und ging auf Reisen. Die Vietnamesen trugen zu acht eine neue Waschmaschine in ihre Wohnung, und die Sportsfrau rutschte beim Joggen auf dem Glatteis aus, wobei sie sich zwei Rippen brach.

Berühmte Persönlichkeiten auf der Schönhauser Allee: Charles Bukowski

»Gehen Sie bitte raus, wir machen zu!«, sagte der freundliche Schwarzenegger, der in den »Schönhauser Arcaden« für die Sicherheit zuständig ist. Er stand gerade vor uns, die Beine breit, die Hände hinter dem Rücken – so bildete der Mann selbst eine Arkade. Mein Freund Juri und ich liefen ohne Anstrengung zwischen seinen Beine hindurch an die frische Luft.

Es war schon spät, wir schienen wirklich die letzten Kunden gewesen zu sein. Mehrere Stunden hatten wir in dem Kaufhaus verbracht, um zu recherchieren, was man dort so alles umsonst kriegen konnte. Diese Recherche sollte unserer alten Debatte über den Kapitalismus mit menschlichem Antlitz ein Ende setzen. Wochenlang hatten wir uns deswegen gestritten. Juri meinte, im Kapitalismus bekäme man nichts umsonst, alles hätte seinen Preis, und deswegen würde auch der Zynismus als die einzig richtige Lebenseinstellung gefeiert. Ich entgegnete ihm, dass es gerade im Kapitalismus alles umsonst gäbe und dadurch die Jugend hier so romantisch verträumt erzogen würde. Schließlich gingen wir in die »Schönhauser

Arcaden«, um festzustellen, was es im Kapitalismus alles umsonst gab.

Anfänglich war mein Freund noch ziemlich misstrauisch. Aber schon nach einer Stunde hatte ihn das Spiel vollkommen mitgerissen. Unsere Recherche war ein voller Erfolg: Wir waren beide schwer mit allen möglichen Sachen beladen. Juri hatte einen großen gelben Luftballon, eine Schachtel mit Buntstiften, fünf Papierteller, einen Lutscher und eine Probe Antifaltencreme von *Shiseido* abgestaubt. Ich eroberte an dem Tag etwa 200 Gramm Mettwurst, einen grünen Luftballon, fünf Zigaretten der Sorte *Kabinett mild*, eine Probe des Parfüms *Escada* und eine halbwarme Brezel. Es war also ein gelungener Feldzug. Wir waren zwar müde, aber unser Konsumrausch noch nicht verflogen, als in der Dunkelheit ein Lieferwagen mit der Überschrift »Frische Cookies« an uns vorbeifuhr. Der Fahrer hupte und schrie jemandem hinterher: »Bist du bescheuert?«

Das brachte Juri auf eine Idee: »Lass uns auf einen Kaffee im Burger King vorbeischauen. Dort können wir eventuell noch eine Pappkrone und eine kleine Fahne umsonst bekommen.« Wir gingen hin. Quer über die Dänenstraße versuchte ein riesengroßer amerikanischer Ford aus den Siebzigerjahren falsch einzuparken. Plötzlich stand uns die Kiste im Weg. Der Motor ging aus. Ein alter Mann stieg aus dem Wagen, knallte die Tür zu, dabei fiel der Griff ab. Der Fahrer hatte lange graue Haare, die nach hinten gekämmt waren, trug eine Armeejacke und schwarze Lederstiefel. In der einen Hand hielt er einen Stadtplan, mit der anderen machte er seine Hose auf und pisste unter seinen eigenen Wagen. »Oh God«, stöhnte er währenddessen. Dabei schaute er uns an.

»Bukowski«, sagten wir beide gleichzeitig. Die Ähnlichkeit war frappierend.

»Hallo Jungs!«, hustete uns Bukowski an, »ich kreise schon seit zwei Stunden in dieser Gegend herum und komme einfach nicht aus der verfluchten Stadt raus. Kennt ihr euch hier aus?«

Zwei fremde Männer, die mit Luftballons in verschiedenen Farben durch die Nacht galoppierten, einfach so anzusprechen, machte ihm überhaupt nichts aus. Ich glaube, er hat uns gar nicht richtig angesehen. Genauso hatte ich mir Bukowski immer vorgestellt. Wir warteten, bis der Mann mit dem Pissen fertig war, dann zeigte Juri ihm, wie man auf dem kürzesten Weg von der Schönhauser Allee nach Potsdam kommt. Der Schriftsteller sagte nicht einmal »Danke schön«. Er stieg wieder in sein Auto, ließ den Motor an und gab Gas. Nachdem er verschwunden war, hob Juri, ein großer Bukowski-Fan, den Türgriff von der Straße auf und packte ihn zu seinen Gratiseroberungen.

»Das werde ich mir zur Erinnerung an dieses wunderbare Treffen zu Hause an die Wand nageln«, meinte er und biss ein Stück von meiner Brezel ab.

Bücher aus dem Mülleimer

Je größer eine Familie ist, desto mehr Abfall produziert sie. Als meine Frau Olga unser zweites Kind zur Welt brachte, mussten wir von den haushaltsüblichen 20-Liter-Müllsäcken auf die riesengroßen 50-Liter-Monster umsteigen. Doch selbst die bekamen wir immer schnell mit allem möglichen Zeug voll.

Gewöhnlich renne ich abends, wenn es dunkel wird, fünf Treppen runter auf den Hof, wo unsere Müllcontainer stehen. Oft komme ich zu spät: Alle Container sind bereits voll. Alle Großstädter sind mehr oder weniger professionelle Müller. Es gehört einfach dazu. Letztens war der Container mit lauter Büchern überfüllt. Eine halbe Hausbibliothek lag da drin. Bestimmt ist wieder einer aus dem Haus weggezogen, dachte ich. Aus Neugier kippte ich den Container um. Ich wollte erforschen, von welchem Kulturgut sich der zeitgenössische Leser zu Beginn des neuen Jahrtausends verabschiedete. Die so genannte Politliteratur, die zirka ein Drittel des Bestands der Mülleimerbibliothek ausmachte, packte ich gleich wieder in den Container zurück. *Beiträge zur marxistischen Literatur-*

theorie in der DDR vom Leipziger Reclam Verlag, Lenins *Staat und Revolution, Stilistische Grundtendenzen zu Lenins Sprache* aus dem Verlag Volk und Welt, Berlin 1970. Zu frisch sind noch die Erinnerungen an die Zeiten, die mit solchen Werken verbunden waren. Es müssen erst noch ein paar Generationswechsel stattfinden, ehe man ohne Verdruss und Vorurteile eines dieser Bücher wieder in die Hand nehmen kann. Die heute nicht mehr aktuellen, plump wirkenden Sach- und Aufklärungsbücher, wie Hans Grottes *Woher die kleinen Kinder kommen*, ein Ullstein-Ratgeber mit vielen Skizzen und Zeichnungen, erweckten auch keine Habgier in mir. Diese Problematik gehörte der Vergangenheit an. Für mich als Vater war es viel interessanter zu erfahren, wo die kleinen Kinder hingehen, wenn sie größer geworden sind und sich womöglich nächtelang herumtreiben. Doch davon hatte der Ullstein-Ratgeber keine Ahnung. Die restlichen Bücher nahm ich mit nach Hause.

Dort untersuchte ich in Ruhe meine Mülleimerbibliothek weiter: Zwei Romane von Peter de Lorent: *Die Hexenjagd: Ein Berufsverbotsroman* und *Bin ich Verfassungsfeind?*. Der Autor und gleichzeitige Herausgeber war Redakteur der Hamburger Lehrerzeitung *HLZ*, hatte Berufsverbot bekommen und es auch sonst nicht leicht gehabt. Man merkt, dass damals in Hamburg tierisch was los gewesen sein muss. Dann *Die Blechtrommel* von Günter Grass, ein Sammelband mit Gedichten von Wolf Biermann, und von Fritz Rudolf Fries *Leipzig am Herzen und die Welt dazu. Eine Weltreise.* »Wir stehen am Alex und schauen nach links«, so fängt Fries' Buch an. Und es beginnt eine Weltreise zwischen Berlin-Lichtenberg und Leipzig Hauptbahnhof. Der Autor ist ein in Bilbao geborener Leipziger. Eine gemütliche kleine Welt tut sich da auf. Das Rattern der S-Bahn, der Geruch von Braunkohle und Rotkohl: Fritz aus Bilbao, wo steckst du heute?

Schach bei Vollmond von Wolfgang Ecke, *20 spannende Kriminalfälle zum Selberlösen*, Band Nummer 7 einer ganzen »Ecke-Serie«. Wolfgang Ecke war der erste Jugendbuchautor, der mit dem »Goldenen Taschenbuch« ausgezeichnet wurde. Über eine Million verkaufte Exemplare. Wer kennt nicht seine Fernsehsendungen »Aufgepasst – Mitgemacht!« und »Wer knackt die Nuss?«. Das waren noch Zeiten, da hat er wirklich was bewegt. Nun liegt er im Mülleimer und riecht nach Spinat.

Das Nein in der Liebe – Abgrenzung und Hingabe in der erotischen Beziehung. Muss jeder unbedingt mal lesen. Kapitel 1: »Liebe ohne Sexualität: Verschmelzung und Widerstand«. Kapitel 2: »Das versteckte Nein zerstört die Liebe«. Ganz vorne steht eine Widmung: »Liebe Heike zum Geburtstag Herzliche Grüße Dein Jörg.« Heike, das ist bestimmt die Frau, die die Bücher weggeschmissen hat. Ich habe das Gefühl, ich kenne sie. Sie hat wahrscheinlich Literaturwissenschaft oder etwas Ähnliches in Leipzig studiert. Die ganze Zeit die Jungs angemacht und in Kneipen gesessen. Höchstwahrscheinlich haben wir sogar gemeinsame Bekannte: Sabine, die Ex-Frau von

Horn, oder Gudrun, die jetzt Theater spielt. Wieso wirfst du jetzt alle Bücher weg, sogar das von Jörg? Wo willst du hin? So schnell kann man doch seine Vergangenheit nicht entsorgen. Die steckt in einem drin. Egal, wo man landet, muss man sich mit Abgrenzung und Hingabe beschäftigen.

Dann mein Landsmann Alexander Twardowski, auch von Reclam Leipzig und schon ein wenig zerfleddert. Mit dem Kriegspoem »Wassili Tjorkin«. Guter Soldat. Hübsche Strophen. Alles gereimt. Was hast du, Heike, gegen Wassili Tjorkin? Aus irgendeinem Grund hast du ihn dir doch angeschafft. Falls du deine scheinbare Erleichterung doch noch bereust, werde ich ihn für dich aufbewahren.

Im Übrigen, wenn du das hier liest: Hast du noch *Das Schloss der roten Affen* von Wolfgang Ecke? Den würde ich auch noch gerne haben. Und sei nicht so voreilig. Schmeiß nicht alles auf einmal über Bord.

Ein Ausflug von der Schönhauser Allee

Neulich kam mein Freund und Kollege Helmut Höge zu mir: »Du weißt, Wladimir«, sagte er, »dass ich mich seit langer Zeit für Partisanen aller Art interessiere. Nun bietet sich die einmalige Gelegenheit, einen noch lebenden Partisanen in Berlin kennen zu lernen.

Der weißrussische Schriftsteller Vasil Bikau trifft sich heute Abend mit seinen Lesern im Klub *Trialog*. Er schreibt seit sechzig Jahren über nichts anderes als den Krieg und die Partisanen. Lass uns dort vorbeischauen.«

Wir tranken schnell einen Wodka und gingen hin. Im kleinen Raum des Klubs saßen etwa zwei Dutzend Veteranen – alles Emigranten aus Russland – und warteten auf ihren Helden.

Helmut war anscheinend der einzige Deutsche auf der Veranstaltung. Etwas später erschien auch der Schriftsteller, begleitet von dem coolsten Dolmetscher Berlins, der an dem Abend wie gewöhnlich voll war.

»Guten Abend«, sagte der Schriftsteller ins Publikum.

»Hallihallo«, übersetzte der Übersetzer sofort.

»Ich möchte Ihnen einen Ausschnitt aus meiner neuen

Erzählung vorlesen«, fuhr der Schriftsteller fort, »sie geht so: ›In der Kaserne roch es stark nach verfaulten Fußlappen und verbranntem Grießbrei. Aus der Ferne hörte man die Schreie der Soldaten und das Knattern der Maschinengewehre.‹ Und so weiter und so fort.« Er machte das Buch zu und lehnte sich im Sessel zurück. Eine Pause bildete sich im Raum.

»War's das?«, fragte jemand aus dem Publikum.

»Nein, noch nicht ganz«, erwiderte der Übersetzer. »Jetzt werde ich nämlich einen anderen Text von dem Schriftsteller Bikau auf Deutsch vorlesen und der geht so …«

»Aber erlauben Sie«, regten sich drei Zuschauer auf, »wieso denn ein anderer Text und noch dazu auf Deutsch? Es gibt doch gar keine Deutschen hier im Saal.«

»Meinetwegen brauchen Sie das nicht zu tun!«, rief Helmut von seinem Platz aus. Keiner der Russen verstand ihn, dafür aber der Übersetzer.

»Aha!«, freute er sich, »seht ihr, es gibt doch Deutsche im Saal, und nun werde ich einen anderen Text vorlesen, weil der erste noch gar nicht ins Deutsche übersetzt wurde.«

»Halten Sie die Klappe, wir wollen mit dem Schriftsteller reden, ihm Fragen stellen und keine Texte auf Deutsch hören«, rebellierte jemand im Publikum.

Der Übersetzer war beleidigt. »Na, wenn Sie es nicht anders wollen«, sagte er, »fickt euch alle ins Knie, ich werde trotzdem alles übersetzen!«

»Ich mag nicht reden«, sagte plötzlich der alte Schriftsteller.

»Halts Maul«, rebellierte das Publikum weiter, »wir haben zehn Mark bezahlt, jetzt musst du uns auch was erzählen!«

»So eine Unverschämtheit habe ich hier noch nie erlebt«, sagte eine alte Frau vom Klub *Trialog*, die für die Organisation zuständig war.

Eine andere alte Frau stand auf und fragte: »Herr Bikau, in Ihrem Buch *Die Wiederauferstehung* beschreiben Sie den ewigen Kampf zwischen Gut und Böse …«

»Das Buch hat er gar nicht geschrieben, das ist von einem anderen Schriftsteller, von Ananjew«, brüllte das Publikum, »setz dich wieder hin, alte Kuh!« Zwei Männer zerrten die Frau am Rock.

»Ihr könnt mich alle mal, ist doch egal, wer das geschrieben hat. Ich möchte Herrn Bikau trotzdem etwas fragen, was mich sehr beschäftigt: Was meinen Sie, was war zuerst da: das Gute oder das Böse?«

»Herr Bikau, in Ihrem Buch *Die Wiederauferstehung*, das Sie gar nicht geschrieben haben, behandeln Sie die Frage, was ist böse, was ist gut«, übersetzte der Übersetzer.

»Was machen Sie da schon wieder, Sie Mistkerl?«, regten sich die Russen wieder auf.

»Aber erlauben Sie! Ich muss die Frage doch übersetzen!«

»Es gibt hier keine Deutschen im Saal!«

»Ja«, sagte Bikau. »Sie haben vollkommen Recht. Auch

in meinen Büchern kommt manchmal das Böse vor, und auch das Gute kommt vor in meinen Büchern.« Dann lehnte er sich zurück.

»Aber Sie haben meine Frage gar nicht beantwortet!«, rief die Frau.

»Aber Sie haben ihre Frage nicht …«, wiederholte der Übersetzer.

»Habe ich doch«, widersprach Bikau.

»Hat er«, sagte der Übersetzer.

»Hat er nicht«, sagte die Frau.

»Ich bin der Meinung, dass ich die Frage beantwortet habe«, insistierte der Schriftsteller.

»Lasst uns höflich zueinander sein«, riet ein Mann aus dem Publikum.

»Ich übersetze das gleich«, sagte der Übersetzer und ging aufs Klo. Er nahm das Mikrofon mit, um sicher zu sein, dass in seiner Abwesenheit nicht geredet wurde.

»Ja«, sagte Bikau, »gibt es noch weitere Fragen?«

»Was halten Sie von der Auflösung der Sowjetunion? Sehen Sie für die Vereinigung zwischen Russland und Weißrussland noch eine Chance?«, fragte jemand im Saal.

Der Schriftsteller überlegte kurz. »Man kann alles Mögliche zerteilen«, sagte er. »Und alles Mögliche kann man wieder zusammensetzen. So ist das Leben.« Fügte er nach einer langen Pause dazu.

»Sie haben meine Frage nicht beantwortet!«, rief der Mann mit beleidigter Stimme.

»Habe ich doch«, sagte Bikau.

»Ihr Schweine«, rief der Übersetzer, der gerade aus dem Klo zurückkam. »Ihr habt ohne mich geredet! Wie soll ich das jetzt übersetzen!«

»Seien Sie still«, rief die Frau von Klub *Trialog*, unser Gast ist eingeschlafen!«

Alle schauten den Schriftsteller an. Er saß im Sessel und schnarchte friedlich. Einer nach dem anderen gingen die Leute leise auf Zehenspitzen aus dem Saal, um den Titanen der Nachkriegsliteratur nicht zu wecken. Er mag ein schwieriger Mensch sein, aber ein wunderbarer Autor.

»So sind sie also, die russischen Partisanen«, sagte Helmut zu mir auf dem Rückweg.

»So sind sie«, bestätigte ich.

Das Geschäftsleben auf der Schönhauser Allee

Die multinationalen Unternehmen vertreiben die Einzelhändler aus der Schönhauser Allee. Doch immer wieder finden sich mutige Geschäftsleute, die in den hoffnungslosen Kampf gegen die Großkonzerne ziehen. An der Stelle der Läden, die gerade Pleite gegangen sind, eröffnen sofort neue. Die waghalsigsten und dynamischsten sind bei uns an der Ecke zum einen der »Überraschungsbasar – alles billig«, der von einer jugoslawischen Großfamilie geführt wird, und zum anderen, genau gegenüber, »Allerlei – toll und preiswert«: ein Laden, der Vietnamesen gehört. Der Überraschungsbasar zog vor einem Jahr in die großen Räume des Einrichtungshauses »Deutsche Küchen«, das nicht einmal sein Sonderangebot – eine per Hand gefertigte Küche für lausige 50 000,- DM – loskriegen konnte und folglich Pleite ging. Nun überraschen die Jugoslawen ihre Kunden dort mit einem immer größer werdenden Sortiment. Und alles kostet 99 Pfennig. Ich lasse mich auch immer wieder gerne überraschen, beispielsweise von Messern, die gleich im ersten Brötchen stecken bleiben, von kinderfreundlichen Feuerzeugen, die nicht zünden, von Taschen, die sofort auseinander fallen, und von geruchlosem Parfüm – im Sonderangebot »20 Liter, 100 Mark«. Ich kenne keinen anderen Laden, der für so wenig Geld so viel Einkaufsspaß bietet.

Selbst die neu eröffnete Apotheke nebenan, die ihre Kundschaft mit immer aberwitzigeren Werbeaktionen lockt, verblasst dagegen. Der Pharmazeut vertraut auf das Prinzip des Erschreckens: Seine lauten Schaufensterplakate mit zerquetschten Menschen drauf und Überschriften wie »Sauerstoff für Ihr Gehirn«, »Schluss mit dem Jo-Jo-Effekt« und »Schlank für immer« können zwar manch einem Passanten Angst einjagen, aber zwingen doch nicht so richtig zum Kauf.

Der vietnamesische »Allerlei«-Laden eröffnete vor ein paar Monaten in den Räumen des Pleite gegangenen Billiganbieters »Rudis Resterampe«, der der Konkurrenz zum Überraschungsbasar nicht würdig war. Die Stille des neuen asiatischen Ambientes wird nur selten durch die Anwesenheit zufällig hereingeplatzter Kunden gestört. Wenn das Sortiment des »Überraschungsbasars« von der Notwendigkeit bestimmt ist, dann steht das Angebot des »Allerlei« für reine Geistigkeit. Die scheinbar willkürliche Zusammenstellung aus künstlichen Blumengirlanden, Straußenfedern zum Saubermachen, einer Wanduhr mit Ballerinen aus Plastik, unzähligen Schweinen, Kühen und Rosen aus Glas und Porzellan, die übergroßen Porträts von Kleinhunden und Zigeunerkindern mit verheulten Augen spiegelt ein irres und undurchsichtiges Bild der asiatischen Marktwirtschaft wider. Ein Normaldeutscher, der an einem solchen Geschäft vorbeigeht, zuckt nur mit den Schultern und sagt »Geldwäscherei« dazu. Die Vietnamesen reagieren auf solche Sprüche gelassen. »Mach's besser, du Klugscheißer«, steht in ihren mondförmigen höflichen Gesichtern geschrieben.

Neulich gab der letzte »Lindner«-Laden an der Schönhauser Allee den Geist auf, der mit dem Spruch »Bei uns wird die Butter noch mit der Hand gemacht« warb. Gleich am nächsten Tag sah ich einen Karton im Schaufenster stehen mit der Aufschrift: »Hier eröffnet demnächst eine russische Balalaika-Bar. Ihr Petrov.« Das geht bestimmt auch nicht lange gut, dachte ich und lief weiter. Schon am nächsten Tag stand ein anderer Karton in demselben Schaufenster: »Hier eröffnet demnächst eine vietnamesische Currystation. Ihr Pin-Chuj-wan.« Einige meiner Nachbarn hielten das schlicht für einen Witz der Renovierungsbrigade, aber ich weiß: Der Kampf gegen die Großkonzerne geht weiter.

Die Macht des Entertainments

Die »Schönhauser Arcaden« feierten ihren ersten Geburtstag. Ein komplettes Unterhaltungsprogramm rund um die Öffnungszeiten wurde angeboten, überall lief Musik und blühten tropische Pflanzen, die völlig echt aussahen. Ein erschöpfter Clown mit einem Haufen Luftballons versuchte den Kindern zu erklären, dass er eigentlich schon seit zwei Stunden Feierabend hätte. Die Kinder umzingelten ihn und ließen ihn nicht gehen. Selbst nach Arbeitsschluss bleibt ein Clown – ein Clown. Einige Schritte weiter, kurz vor dem »Kaiser's«-Eingang, hielten zwei Frauen in Lederhosen eine große Pythonschlange hoch. Das Trio machte ebenfalls einen übermüdeten Eindruck. Es war halb acht, wer weiß wie lange sie schon dort standen? Die Schlange hatte ein Auge geschlossen. Mit dem anderen schielte sie in Richtung »Kaiser's« und beobachtete das dort liegende und herumrennende Essen. Sie hatte auch keine Lust mehr, als Schlange in der Luft zu hängen. Noch ein wenig länger und sie würde kotzen, stand ihr ins Gesicht geschrieben. Vielleicht war das Reptil nicht einmal schwindelfrei.

Ich empfand eine gewisse Solidarität mit ihr. Wir Entertainer von heute sind eindeutig überfordert. Meine liebe Schlange, dachte ich, in der Zeit der totalen Unterhaltung haben wir es nicht leicht. Obwohl immer mehr Leute aus anderen Berufsgruppen in unsere Branche wechseln und Entertainer werden – Politiker, Ärzte, Wissenschaftler und so weiter –, kann das Angebot die Nachfrage noch immer nicht decken. Die bittere Erfahrung, dass man das Leben nicht immer noch besser machen kann, als es ist, hat die Menschheit in eine ziemliche Sackgasse gebracht. Allen Berufsgruppen, die an der Weltverbesserung arbeiten, droht die Arbeitslosigkeit. Nur die totale Unterhaltung zeigt den Ausweg: Man kann es nicht schöner machen, aber dafür spannender, bunter und lauter. Unterhaltsamer eben. Das ganze Leben in eine Talkshow verwandeln, nur auf diese Weise kann man die Reste von Menschlichkeit und den guten Willen zur allgemeinen Verbesserung der Lage aufrechterhalten. In Moskau, wo ich herkomme, wird die totale Unterhaltung derzeit noch heftiger betrieben als hier. Das Dollardenkmal am Puschkinplatz ist so ein Zeichen der neuen Zeit. Es steht vor dem ehemals größten Filmtheater »Russland«, dem nun größten Spielkasino der Stadt: eine drei Meter hohe Plastik aus fünf aufeinander gestapelten Dollarbündeln, die merkwürdigerweise von innen beleuchtet sind.

Auf dreizehn Fernsehkanälen laufen ununterbrochen Talkshows und Realitysoaps. Es wird überall gedreht, beispielsweise in einem Krankenhaus, in dem eine Frau gleich gebären wird. Die Zuschauer können wetten, was es wird: ein Mädchen oder ein Junge? In Restaurants, in der Psychiatrie, im Knast. Meine Lieblingssendung heißt: »Aus ganzem Herzen«, eine russische Variante von »Vera am Mittag«. »Vermissen Sie jemanden, Frau Petrova?«, fragt die Moderatorin eine alte, etwas verklemmte Frau.

»Eigentlich nicht«, antwortet sie.

»Aber Sie haben doch 1968 abgetrieben. Stimmt das? Doch, doch, Frau Petrova, verziehen Sie Ihr Gesicht nicht so, Ihr Sohn lebt und befindet sich heute in unserem Studio. Begrüßen Sie mit uns Alexej!«

Eine andere Sendung; »Wenn die Massenmörder singen«, ist auch nicht übel. Aus einer Zelle für besonders schwere Verbrecher wird täglich berichtet, wie es den Inhaftierten geht. Am Schluss darf ein Serienmörder sein Lieblingslied vor der Kamera singen. Ich weiß nun, dass manche Serienkiller besser singen können als viele Liedermacher.

Doch wir alle müssen noch viel lernen, um der Zeit der totalen Unterhaltung gewachsen zu sein. »Lernen, lernen und lernen«, wie Lenin einmal sagte. Und das betrifft alle Entertainer ohne Ausnahme – die Schlange, den Clown, den Bundespräsidenten, den Serienkiller, dich und mich. Wir müssen uns noch viel mehr einfallen lassen.

Alles wird anders

Meine Tante rief mich um Mitternacht an. Sie machte sich Sorgen wegen Maus. Sie ging gestern raus und spazieren und ist seitdem nicht wieder nach Hause gekommen. Maus ist die Katze meiner Tante. Beide haben die Wanderbewegung der Neunzigerjahre zusammen überstanden: von Odessa nach Moskau, von Moskau nach Düsseldorf und von Düsseldorf nach Berlin. Sie haben viel zu erzählen. Ich beruhigte meine Tante am Telefon: Es sei ganz normal für Katzen in ihrem Alter, mal groß auszugehen.

Es war wieder Vollmond, und meine Frau und ich, wir konnten nicht einschlafen und saßen in der Küche mit einem Haufen russischer Zeitungen vor uns. Der Mond schien durch das Küchenfenster und spendete uns zusätzliche Energie, die wir zu der späten Stunde auch brauchten. Seit ich für die russischsprachige Zeitung in Berlin Kolumnen schreibe, lese ich sie auch fast regelmäßig. Besonders gern lese ich die Annoncen. Dadurch lässt sich schnell nachvollziehen, wie meine Landsleute hier über die Runden kommen, und wie sehr sich ihr Leben verändert Die Russen sind oft schlau. So denken sie sich oft neue Berufe aus und bringen ihre einmaligen Leistungen auf den Markt: »Lesen für Sie zwischen den Zeilen«, stand neulich in einer kurzen Annonce. Was auch immer damit gemeint war, der Mann schien echt etwas draufzuhaben.

»Liebe Damen!«, las ich in einer anderen Annonce, »schnell, unaufdringlich und preiswert entziffere ich alle geheimnisvollen Briefe, die Sie bekommen.« Was hier noch fehlte, war die Annonce: »Schreibe geheimnisvolle Briefe«, aber vielleicht habe ich sie in der vorletzten Ausgabe übersehen.

»Verkaufe kleine niedliche Kätzchen einer elitären Rasse: Die Mutter stammt aus Alma-Ata, der Vater ist ein einheimischer Kater.« Das multikulturelle Leben entwickelt sich in der Katzenwelt viel schneller als in unserer menschlichen. Dies ist auch verständlich. Die Katzenwelt kennt die Vorurteile nicht, denen die Menschen ausgesetzt sind, man kennt keinen Rassismus und handelt instinktiv. Doch alles wird bald anders: Auch die Menschenwelt ändert sich – besonders extrem bei uns auf der Schönhauser Allee. Als meine Tante vor einem halben Jahr hierher kam, zog sie in ein altes Haus mit grauen Wänden und einer Metzgerei im Erdgeschoss. Auf dem Hinterhof jagten die einheimischen Kater ihre »Maus« von einem Keller zum anderen, und beim Metzger trafen sich die Bauarbeiter morgens auf ein Tässchen Kaffee. Jetzt ist das Haus frisch renoviert, alles ist gelb angestrichen und duftet nach Rosen. In den Kellerräumen im Hinterhof hat sich eine »Medienwerkstatt« eingenistet. Als ich jemanden aus der Werkstatt fragte, was genau ihr Aufgabenbereich wäre, zuckte er nur mit den Schultern und meinte: »alles«.

Der Metzger zog weg und an seiner Stelle eröffnete ein Hanfladen mit einer großen grünen Werbetafel: »Für Leute von heute: Wasserpfeifen, Textilien und vieles mehr.« Der Besitzer des Ladens steht selbst hinter dem Verkaufstresen, er bewegt sich kaum. Seinem Gesicht kann man entnehmen, dass er so »viel mehr« gar nicht mehr ertragen könnte. In der ganzen Zeit habe ich in dem Laden nur einen einzigen Kunden gesehen. Er kuckte sich das Sortiment an, überlegte lange, ging aber dann doch nach zwei Stunden mit leeren Händen aus dem Laden. Die Bauarbeiter gehen da auch nicht hin: Der Laden öffnet erst um 10.00 Uhr. Meine Tante hat im Wörterbuch das Wort »Wasserpfeife« nachgeschlagen, konnte es aber zwischen »Wassernixe« und »Wasserpflanze« nicht finden. Das Wörterbuch verkündet zwar die völlige Neubearbeitung von Professor Maximilian Braun, stammt aber aus dem Jahr 1964. Seitdem hält meine Tante Wasserpfeife für ein Schimpfwort.

Alles ist anders geworden. Neulich erzählte sie mir von den gelben Wassermelonen, die der türkische Gemüsehändler in den »Schönhauser Arcaden« verkauft: von außen ganz normal, innen aber knallgelb.

»Warum sind Ihre Melonen innen gelb?«, fragte ihn meine Tante.

»Ich weiß nicht, sind eben gelb«, antwortete der Händler.

»Wie schmecken sie denn?«, hakte meine Tante nach.

»Ich weiß nicht. Nach nichts schmecken sie, wie Wassermelonen eben schmecken. Nur dass sie gelb sind.«

Meine Tante entschied sich, keine gelben Melonen zu kaufen. Stattdessen ging sie ein Stück weiter in den »Plus«-Markt, wo sie kiloweise besonders preiswerte Katzennahrung einpackte: ihre Maus war wieder da.

Schlaflos auf der Schönhauser Allee

Tag und Nacht ist bei uns auf der Schönhauser Allee ein und dasselbe Bild zu sehen: fahrende Menschen. Direkt vor unseren Fenstern rauschen sie in Zügen, Straßenbahnen und Autos, auf Fahrrädern und Motorrädern vorbei. Ununterbrochen und in alle Richtungen. Wenn wir Besuch aus Russland bekommen, empören sich unsere Gäste über den Krach. Ständig werden wir von ihnen gefragt, ob es nicht zu laut sei, ob man davon nicht einen dauerhaften Hörschaden bekäme. Nein, sagen wir, das ist unseres Wissens einer der wenigen ruhigen Orte in Berlin, unsere Bekannten in Charlottenburg beispielsweise haben es viel lauter.

Wir leben schon lange genug auf der Schönhauser Allee, um den Verkehr draußen nicht mehr wahrzunehmen. Das sind alles Maschinen, die nun mal Krach machen, also klingen sie auch nicht aggressiv. Ganz anders ist es dagegen bei unserem Freund Mischa, der in einem alten Haus in der Uhlandstraße nicht weit vom Zoologischen Garten wohnt. Das letzte Mal besuchte ich ihn im Winter, als die schwangere Elefantenkuh hinter der Zoomauer gerade dabei war, ihren Sohn Kiri zur Welt zu bringen. Ihre Gebärschreie verwandelten halb Charlottenburg in einen Jurassic Park. Das Geschirr tanzte auf dem Tisch und unser Gespräch kreiste ständig wider Willen um das Thema Abtreibung. »Die Elefanten haben es nicht leicht«, erklärte Mischa, der inzwischen ein großer Tierspezialist geworden war. Zuerst müssen sie ihre Babys zwei Jahre lang im Bauch tragen und dann können zwischen den ersten Wehen und der endgültigen Geburt noch Monate vergehen.« Die Mutter draußen hörte sich derweil wie eine Fliegerstaffel im Tiefflug an. »Der Rüssel war schon vor zwei Wochen zu sehen, hoffentlich ist sie jetzt bald so weit«, meinte Mischa. Nach jedem Schrei schien es mir, als würde gleich das Haus zusammenbrechen. »Allein vom Zuhören könnte man schwanger werden«, sagte ich zu meinem Freund. »Das ist doch noch gar nichts«, erwiderte er. »Du solltest mal im Frühling bei mir vorbeischauen, wenn drüben bei den australischen Schildkröten die Paarungszeit anfängt. Bei sich in Australien haben sie es immer im August getrieben, doch hier in Berlin haben sie ihre biologische Uhr umgestellt, wahrscheinlich um nicht aufzufallen. Das gelingt ihnen aber trotzdem nicht. Es hört sich wie eine Panzerschlacht an. Ich weiß nicht, wie sie ihre Paarungszeit überhaupt überleben.« Mischa war davon überzeugt, dass die Tierwelt neben seinem Haus der Grund war, dass er seit Jahren keine Freundin mehr gehabt hatte.

Ein anderer Freund von uns, Kolja, wohnt in einer

scheinbar idyllischen Ecke nicht weit von unserem Haus entfernt am Falkplatz im Prenzlauer Berg. Dort gibt es eine große Parkanlage mit zahlreichen Sandkästen und Schaukeln für Kinder, auch viele Bänke für die Rentner, die sich dort endlich in Ruhe ihrem ehrlich verdienten Bier widmen können – keine Autos, kein Verkehr, so weit das Auge reicht. Ganz nahe am Falkplatz steht die Max-Schmeling-Halle. Wenn dort Basketball- oder Fußballwettbewerbe ausgetragen werden, spielen alle Bewohner rund um den Falkplatz mit. Wenn ein Tor fällt, sind die Fußballfans in der Halle manchmal sogar lauter als die schwangere Elefantenkuh im Zoo. Dann fällt das eine oder andere Kind von der Schaukel runter, die Rentner verschlucken sich an ihrem Bier, und die Fensterscheiben ringsum erzittern. Die Nähe zur Max-Schmeling-Halle hat aber auch Vorteile. So müssen die Anwohner sich nie Sportnachrichten ankucken, sie sind immer auf dem neuesten Stand.

Es gibt wahrscheinlich auch ruhigere Plätze in Berlin, abseits von lärmendem Straßenverkehr, wilden Tieren und ewigen Baustellen. Sie werden aber von den dortigen Bewohnern geschützt und geheim gehalten. Damit auch weiterhin kein Mensch dorthin geht.

Berühmte Persönlichkeiten auf der Schönhauser Allee: Albert Einstein und Niels Bohr

Vor dem Eingang in die »Schönhauser Arcaden« sitzt ein Bettler auf einer Pappkiste. Jedes Mal, wenn ich an ihm vorbeikam, kuckte ich weg. Es war mir peinlich, ihm in die Augen zu schauen. Der Kerl erinnerte mich an jemanden, den ich oft im Fernsehen sah. Aber an wen? Eines Tages fiel es mir ein: Dieser lustige, etwas verwirrte Blick, die hoch stehenden Haarbüschel, der graue Schnurrbart – das habe ich in der Werbung für Herschi-Limonade gesehen. Der Kerl sieht Albert Einstein, dem verrückten Erfinder der Relativitätstheorie, absolut ähnlich. In diesem Moment konnte ich auch seine Sprüche, die er auf den Karton schreibt, viel besser nachvollziehen: »Zwei Mark ist kein Geld« stand da beispielsweise drauf.

»Hey Alter, alles ist relativ, nicht wahr?« Ich zwinkerte ihm zu und legte zwei Mark in seinen Becher. Einstein tat so, als ob er mich nicht verstanden hätte, er wollte wahrscheinlich nicht, dass seine Tarnung aufflog. »Alles ist relativ – oder was?«, fragte ich ihn noch einmal. Daraufhin packte er seine Sachen und ging auf die andere Seite der Schönhauser Allee. Dort begrüßte ihn ein anderer Kerl, der auch ein bekanntes Gesicht trug. Irgendwo hatte ich diesen Dicken schon mal gesehen: Glatze, kalte Augen, fette Wangen, breites Kinn: ohne Zweifel Niels Bohr, der dänische Erfinder der Quantentheorie. Doch was machte dieser Mann hier auf Schönhauser Allee? Ganz klar: Er traf sich insgeheim mit Albert Einstein, um in aller Ruhe mit ihm die aktuellen Probleme der modernen Physik zu diskutieren. Hier findet ein geheimer wissenschaftlicher Kongress statt.

Beide Wissenschaftler gehen die Schönhauser Allee entlang und setzen sich auf die Bank vor dem Sportwarengeschäft. Einen besseren Platz für einen Kongress kann man in der Gegend gar nicht finden. Dort warten auch schon andere Wissenschaftler auf sie. Alle begrüßen sich kollegial. Niels Bohr packt seine »Plus«-Markt-Tüte aus und holt vier Flaschen Korn sowie mehrere Dosen Bier hervor. Der Kongress kann beginnen. Von den anderen Wissenschaftlern kenne ich niemanden, nur Friedrich Engels mit seiner verlebten Braut, weil die beiden jeden Tag auf dieser Bank sitzen, egal wie das Wetter ist. Engels hat sich anscheinend vor kurzem den Bart abgeschnitten, aber nur die eine Seite, jetzt sieht er total schräg aus. Er hält seinen Bart in der Faust und erzählt Einstein irgendwas Lustiges. Leider kann ich ihn nicht verstehen. Vielleicht erzählt ihm Engels etwas über die Unvermeidlichkeit der neuen sozialen Revolution und der Notwendigkeit, die politische Macht zu ergreifen? Einstein schüttelt nur den Kopf – alles ist relativ: Ich kann seine Antwort von den Lippen ablesen. Niels Bohr nimmt einen großen Schluck aus der Flasche, dann gibt er sie der Braut von Engels, dann Einstein. Die Flasche ist schnell leer und landet unter der Bank. Engels mit dem schrägen Bart sieht heute irgendwie traurig aus. Ihm fehlt bestimmt sein Freund Marx. Den habe ich schon eine Ewigkeit hier nicht mehr gesehen. Früher saßen die beiden gerne zusammen auf dieser Bank und tranken einen auf die »Deutsche Ideologie«. Mit einem Schluck schaffte Marx die Hälfte, die andere war dann für Engels bestimmt.

Das nichts ahnende Publikum läuft an der Bank vorbei, das gemeine Volk interessiert sich so gut wie gar nicht für Relativitätstheorien, eher für Konsumtheorien. Junge Mütter mit Kinderwagen machen einen großen Bogen um die Bank. Sie wollen dadurch verhindern, dass ihre Kinder die Wissenschaftler kennen lernen. Werden sie aber trotzdem! Denn solange die Sonne scheint, wird der Kongress weiterlaufen – die Wissenschaft auf der Schönhauser Allee ist nämlich unsterblich, und darauf trinken wir einen.

Herbst der Spione

Alex, den Spion, habe ich auf dem Kollwitzplatz kennen gelernt. Er saß auf einer Bank, Sonnenbrille, offenes freundliches Gesicht und eine russische Zeitung in der Hand. Ich setzte mich neben ihn, um eine Zigarette zu rauchen. Alex holte ebenfalls eine Schachtel Zigaretten aus der Tasche und bat mich um Feuer. Er erkannte in mir den Landsmann und dadurch kamen wir schnell ins Gespräch. Er sei ein Spion, der die Fronten gewechselt habe und nun für die CIA schufte, erzählte er mir. Das war im Sommer 1993, ich hatte gerade eine neue Wohnung in der Schönhauser Allee bezogen und war den ganzen Tag mit der Reparatur einer aus allen Ecken stinkenden Duschkabine beschäftigt. Es war heiß, und draußen lärmten die Kinder. Die Pumpe und der Heizer funktionierten perfekt. Aber das Wasser aus der Dusche roch so widerlich, als hätte jemand in den Boiler geschissen. Das schien zwar technisch unmöglich, aber die wahre Kunst kennt keine Grenzen. Meinen Vormieter stellte ich mir nämlich als großen Künstler vor. Die ganze Gegend war von Künstlern bewohnt. Ich nahm die Duschkabine völlig auseinander, konnte aber die Ursache für den entsetzlichen Gestank trotzdem nicht beseitigen. So ging ich immer mal wieder rüber zum Kollwitzplatz, um frische Luft zu schnappen.

Als Alex mir erzählte, dass er ein ehemaliger russischer Agent sei, ein Überläufer, habe ich mich keine Sekunde darüber gewundert. Schon immer war der Kollwitzplatz ein Ort, der alle möglichen Spinner anzog. Einmal drohte mir einer, dass er gleich Selbstmord begehen würde, wenn ich ihm nicht sofort zehn Mark gäbe. Ein anderer wollte alle auf dem Platz mit seinen selbst gebackenen Keksen ernähren, die verdächtig nach Gift aussahen. Ein andermal erschien dieser Ein-Mann-Sekten-Anhänger mit einer Flasche voller rot-brauner Flüssigkeit in der Hand und zwang die Kinder auf dem Spielplatz, aus der Flasche zu trinken. Die Eltern bekamen entweder nichts davon mit oder hatten früher selbst schon mal aus der Flasche getrunken. Vielleicht hatten sie auch genau solche Flaschen in ihren Hosentaschen. Ein merkwürdiges Publikum.

Außerdem hatte ich zwei Wochen zuvor in Paris schon einen solchen Überläufer kennen gelernt. Da waren wir aber beide stockbesoffen gewesen. Der neue Pariser Trend – Tequila Bum-Bum – hatte uns ins Herz getroffen. In einer Kneipe waren wir auf ein hübsches Mädchen gestoßen, das wie ein Cowboy gekleidet war. In der linken Pistolentasche des Mädchens steckte eine Flasche Tequila, in der rechten eine Flasche Tonic. In den sich überkreuzenden Gürteln hatte sie dutzende kleiner Gläser bei sich. Sie hieß Nikita und machte jedem, der sie darum bat, einen Tequila Bum-Bum, dabei sang sie lustige Melodien. Die ganze Kneipe war scharf auf sie: »Nikita Bum-Bum, Nikita Bum-Bum«, schrien alle. Ich war von der Idee auch begeistert und trank einen Bum-Bum nach dem anderen.

Spät in der Nacht lernte ich dann den Spion kennen, der auch schon mindestens acht Bum-Bums hinter sich hatte. Er war ein älterer Russe Mitte fünfzig und stellte sich mir als Boris vor. Ich erfuhr, er wäre früher Beamter im sowjetischen Außenhandel gewesen, dann hätte er sich in eine Französin verliebt und beschlossen, in Frankreich zu bleiben. Die Frau fuhr ihn aus Paris raus und versteckte ihn in ihrem Haus bei Nizza. Bald entpuppte sie sich aber als Mitarbeiterin des französischen Geheimdienstes. Er verfluchte sie und ging, konnte aber nicht mehr zurück. Nun arbeitete Boris für Interpol und musste andere Russen ausspionieren, zum Teil sogar seine ehemaligen Kollegen, die sich inzwischen selbstständig gemacht hatten und auf eigene Faust Handel trieben. Boris hatte vor kurzem eine Schussverletzung erlitten, als er in einer Kneipe in Budapest ein Mafia-Treffen belauschen sollte. Er war von einem Ex-Kollegen erkannt worden. Die Kugel streifte ihn am Bein. Er machte seine Hosen auf, damit ich die Narbe sehen konnte. Daraufhin wurden wir sofort von zwei Franzosen angesprochen, die darum baten, bei unserem Spiel mitmachen zu dürfen.

Die Narbe war klein und unauffällig. Einer der Franzosen machte ebenfalls seine Hosen auf – seine Narbe war viel größer. Boris und ich verließen gedemütigt die Kneipe und kauften noch eine Flasche Tequila an der Ecke. Ich wusste nicht genau, ob Boris ein Spinner war oder doch zum Teil die Wahrheit gesagt hatte. Es gibt bestimmt eine Menge Spinner, die für Interpol arbeiten. Als Andenken an unsere Begegnung schenkte er mir seine Waffe, eine Browning, die ich zwei Tage mit mir herumtrug. Kurz vor der Abreise schenkte ich die Knarre jedoch weiter an meinen Freund, einen russischen Maler, der auf dem Montmartre Passanten porträtierte und gerade Probleme mit der dortigen Konkurrenz hatte.

Mein neuer Freund Alex vom Kollwitzplatz arbeitete nicht für Interpol, sondern für die CIA, und er trank nicht. Sein voller Name lautete Alexander Ikonew. Er war der Sohn des berühmten Generals, der lange Zeit die Abteilung der Luftabwehrspionage geleitet hatte und vor ein paar Jahren in Rente gegangen war. Alex war Codierer, eigentlich ein ganz normaler Computerspezialist, der für die technische Abteilung der russischen Luftspionage arbeitete. Eines Tages war er heimlich nach Deutschland gefahren, um hier die CIA aufzusuchen und sich zu verkaufen. Alex wollte, dass seine Familie – er hatte eine Frau und ein Kind – die Greencard bekämen und nach Amerika verfrachtet würden. Dort wollte er bei einer Computerfirma in Kalifornien angestellt werden. Dafür bot Alex der CIA alle Programme an, mit denen die russischen

Geheimcodes geschrieben wurden. Als wir uns kennen lernten, hatte Alex nicht viel zu tun. Er wohnte in einem Hotel und wartete auf den Mann aus dem Stabsquartier der CIA, einen Psychologen, der eine Art Gesichtskontrolle bei Alex durchführen sollte. Die Amerikaner wollten erst mal feststellen, ob er es ehrlich meinte und nicht womöglich von den Russen als Köder eingesetzt wurde. Alex verfiel der Langweile und sehnte sich nach russischer Gesellschaft. Er bekam von den Amerikanern zweitausend Mark im Monat für seine Unterkunft. Als er erfuhr, dass ich allein in einer Zweizimmerwohnung lebte, erkundigte er sich, ob ich ihm ein Zimmer für tausend Mark untervermieten würde. Ich hatte nichts dagegen. Damals zahlte ich nur insgesamt 200,– DM an die Wohnungsbaugesellschaft. Die amerikanischen Arbeitgeber von Alex hatten dann auch nichts dagegen, und so zog er bei mir ein – mit drei Laptops. Die Amerikaner hatten ihm außerdem einen BMW zur Verfügung gestellt und gaben ihm ein dickes Taschengeld. Aber er führte ein bescheidenes Leben, gegen Frauen und Alkohol war er völlig immun. Das Komische an Alex war, er sah aus wie ein echter CIA-Mann aus dem Film. Deswegen lachten alle meine Freunde jedes Mal, wenn ich ihnen meinen neuen Mitbewohner als Spion vorstellte. Die Bezeichnung »Spion« setzte sich schnell als sein Spitzname durch.

Bald erfuhr Alex, dass der Mann aus Washington eingetroffen sei. In der Nacht vor seiner »Prüfung« konnte er nicht schlafen. Als ich in sein Zimmer schaute, saß Alex vor einem großen Spiegel und führte ein intensives Gespräch mit einem unsichtbaren Partner. »Ich muss meine Gesichtsmuskeln trainieren«, erklärte er mir. Ich wünschte ihm viel Glück und störte nicht weiter. Am nächsten Tag, bei der Vorstellung, lief alles glatt. Die CIA nahm Alex endgültig unter ihre Fittiche. Abends feierten wir das. Ich erlaubte mir einen Toast: »Spione aller Länder vereinigt euch«, rief ich. Alex lächelte milde. Einen Monat später wurde in den USA ein gewisser Lenz enttarnt, ein hohes Tier im Verwaltungsapparat der CIA. Der Mann war jahrelang ein russischer Agent gewesen. Zu Hause bei Lenz fanden die Beamten eine Diskette mit Alex' Namen drauf. Sie wussten jedoch nicht, ob der Agent die Informationen auf dieser Diskette schon nach Moskau verfrachtet hatte. Sie konnten deswegen einen Racheakt nicht ausschließen. Über Nacht wurde Alex samt seiner Laptops aus meiner Wohnung nach München evakuiert, in eine geschlossene Ami-Siedlung, wo bereits seine Frau und sein Kind auf ihn warteten. Ich verlor einen tollen Untermieter. Später besuchte ich ihn in München und lernte seine Familie kennen. Alex wohnte in einem richtigen Haus mit Garten. Wir saßen auf der Veranda und tranken Bier. Im Garten liefen echte Igel herum. Alex machte sich Sorgen wegen seines Vaters, dem General, sonst ging es ihm gut. Zwei Monate später flogen sie nach Kalifornien. Einmal bekam ich eine E-Mail von ihm, darin erzählte er mir, dass mit dem Geheimdienst Schluss sei und er jetzt bei Microsoft arbeite.

Der Erste Mai auf der Schönhauser Allee

Ich stehe auf dem Balkon, gieße Sorka, unsere Raubpflanze, die meine Frau aus dem Nordkaukasus mitgebracht hat, und beobachte die Straße unten. Still ist heute die Schönhauser Allee, ruhig und menschenleer. Und das an so einem besonderen Tag! Denn heute ist 1. Mai, der Tag der Solidarität der Arbeiterklasse.

Bei uns in Russland war der 1. Mai früher ein einmaliger Feiertag – der einzige Tag im Jahr, an dem jeder Mensch ganz gesetzlich schon ab 11.00 Uhr morgens saufen durfte. Alle hatten an dem Tag frei, nur die Spirituosengeschäfte verkauften Wodka und Portwein bis zum Abwinken. Gleich am frühen Morgen standen auf jeder Straße kleine Gruppen festlich gekleideter Menschen mit Taschen und Paketen in der Hand, die einander den ersten Becher reichten. Die Solidarität der Arbeiterklasse zeichnete sich an dem Tag auch dadurch aus, dass man selbst aus fremden Händen immer einen Schluck bekam. Mein Nachbar beispielsweise, ein arbeitsloser Alkoholiker, schaffte es mit einem einzigen Satz – »Hallo Männer, frohes Fest, schiebt mal die Pulle rüber« – den ganzen Tag umsonst zu saufen und noch Vorräte für die Woche danach anzulegen. Letzteres erreichte er mit einem anderen Spruch: »Mein Freund hält hier um die Ecke das Transparent, kann nicht kommen, gebt mir auch für ihn einen Schluck, ich bringe es ihm.« Mit diesem Schluck füllte er dann einen um die Ecke stehenden Benzinkanister. Aus allen Straßen quollen die Moskauer in mehr oder weniger geschlossenen Reihen zur großen Hauptdemonstration, die im Zentrum der Stadt brummte. Doch viele blieben an der einen oder anderen Ecke hängen oder wechselten gar die Richtung und gingen in den Park für Kultur und Erholung »Maxim Gorkij«. Die Miliz ließ sie an diesem Tag in Ruhe und zeigte sogar eine gewisse Solidarität, machte ein Auge zu, die Miliz. Selbst diejenigen, die am Ende des Feiertages auf der Straße liegen blieben, wurden nicht gleich in die Ausnüchterungszelle abtransportiert. Nach zwei solchen Abtransporten erwartete den Arbeiter nach altem sowjetischen Arbeitsrecht die fristlose Kündigung, und so was durfte am 1. Mai nicht passieren. Es war eben ein besonders freier Tag.

Heute werden die alten Traditionen verachtet und verlacht. Wie viele andere Feste ist auch dieses in Russland umbenannt worden. Nun heißt es ganz unpolitisch »Der Tag des Frühlings und der Arbeit«. Natürlich wird auch heute am 1. Mai gesoffen, aber nur so vor sich hin: sinnlos.

In vielen Regionen, wie zum Beispiel in Südrussland, werden überhaupt keine Demonstrationen mehr organisiert. Die Menschen wollen dort weder feiern noch protestieren. Die große Demo in Moskau gibt es auch nicht mehr. Nur die alten Damen von der KPRF werden wieder mal mit den roten Fahnen winken und die Transparente für »Sozialistisches Russland und Altersfürsorge« hoch halten. Von der Solidarität der Arbeiterklasse ist keine Spur geblieben. Jeder besäuft sich auf eigene Faust: Die Reichen mit den Reichen, die Armen mit den Armen. Keiner reicht dir mehr einen Becher rüber. Aber die Medien werden wieder eine Show daraus machen wie vor kurzem mit dem Lenin-Geburtstag am 22. April. Ein Subbotnik mit Prominenten wurde organisiert und das Lenin-Brett versteigert, auf dem der große Gründer der Kommunistischen Partei Russlands schwere Lasten trug und damit ein Beispiel für kompromisslosen Arbeitseinsatz geben wollte. Der Reichste durfte es dann bis zum Ende der Sendung auf seinen Schultern tragen. Auf einer Moskauer Straße wurde die finnische Lenin-Hütte im Maßstab 1:1 aufgebaut, die so genannte Schalasch, in der Lenin sein Werk *Staat und Revolution* schrieb. Nun konnte sich jeder in der Hütte einen Tisch reservieren und bei einem Bierchen ein neues Kapitel in das Buch Lenins einfügen.

Die alten Reliquien werden vermarktet, die Helden zu Clowns degradiert, doch der Kanister meines Nachbarn und der entsetzliche Geschmack des russischen Portweins *Kaukasus rot* werden mich immer an diesem Tag begeistern.

Neulich in den »Schönhauser Arcaden«

Das XXI. Jahrhundert ist gerade im Sonderangebot. Damit jeder davon ein Stück mit nach Hause nehmen kann, werden überall in Berlin neue gigantische Einkaufscenter gebaut. Dort lernen die Bürger den Konsumspaß der Zukunft. Diese neuen Kaufhäuser sind die Vorboten des kommenden Paradieses. Mit immer größer werdenden Unterhaltungsprogrammen, Erlebnisrestaurants, Kosmetikstudios, Kinderspielplätzen und Swimmingpools, mit einem Wort: alles für alle und eine Kleinigkeit kostenlos dazu für jeden. Das Flaggschiff vom Prenzlauer Berg heißt »Schönhauser Arcaden«. Dort könnten einige tausend Menschen hundert Jahre leben und nichts würde ihnen fehlen. Eigentlich leben dort bereits sehr viele, jedenfalls sieht man immer dieselben Gesichter.

Neulich hatte man auf allen drei Stockwerken Hobelbänke aufgestellt. An jeder Hobelbank stand ein wie ein Tischler aussehender Mann mit einem Hobel in der Hand. Auf darüber hängenden Plakaten stand: »So baue ich mir ein eigenes Zuhause«. Zwischen den Hobelbänken befanden sich lauter einsatzbereite Computer mit kostenlosen Internetzugängen. Dazu Plakate: »In der virtuellen Welt gibt es Arbeitsplätze für alle«... Diese Veranstaltung war vom Arbeitsamt-Nord organisiert worden, das – immer auf der Jagd nach Arbeitslosen – die »Schönhauser Arcaden« entdeckt hatte. Ein Volltreffer. Denn wer geht um 12.00 Uhr einkaufen? Wer isst um diese Zeit ein Kabeljaufilet mit Knoblauchsauce? Wer hockt dort so früh schon mit einem Bier in der Hand? Natürlich Leute, die sonst nichts zu tun haben. Die Milleniumsmenschen. Sofort integrierte sich das Arbeitsamt in das Unterhaltungsprogramm des Einkaufscenters, zwischen singenden ABM-Cowboys aus Köpenick und dem Lambadaseniorenverein »Tanzender Oktober«.

Ich war auf dem Weg zum Telekom-Shop »T-Punkt« und musste mich dazu durch eine Reihe von Kosmetiksesseln schlängeln, an denen Arbeitsamtsleute mit dem Spruch »Wir machen Ihnen ein neues Gesicht für Ihr Bewerbungsgespräch« allen, die es wünschten, ein tolles Makeup anboten. Den »T-Punkt« besuchte ich bereits zum dritten Mal wegen einer phantastischen Telefonrechnung in Höhe von 530,– DM. Die freundliche Mitarbeiterin dort sagte, als sie mich sah, wie immer: »Entschuldigen Sie mich eine Sekunde«, und verschwand im hinteren Zimmer. Zwanzig Minuten lang hörte ich von dort nur schrecklichstes Husten und Würgen. Neugierig wagte ich mich hinter den Tresen und lugte um die Ecke. Das Zimmer war das absolute Gegenteil des Ladenraums: dunkel, schmutzig und kalt, überall lagen aufgerissene Kartons herum. Die Frau war nirgendwo zu sehen, man hörte sie nur keuchen. Ich verließ den »T-Punkt« und fuhr die Rolltreppe runter, um bei »Kaiser's« einzukaufen. Dort sorgte neuerdings Pro Sieben für die Unterhaltung. Die beiden Unternehmen hatten anscheinend fusioniert. »Es wird heute ein langer Fernsehabend werden, liebe Kunden«, verspricht eine freundliche Stimme aus dem Lautsprecher, »ein langer, langer Fernsehabend. Und Sie, liebe Kunden, haben Sie sich schon etwas zum Naschen besorgt? Zum Lutschen und Knabbern und Kauen? Bei uns sind gerade Salzstangen in der Kilopackung im Sonderangebot. Für 0,99 DM, beziehungsweise 0,51 Euro.«

Nach und nach kommen auch die Arbeitsamtsleute. Sie haben inzwischen ihre Tische zusammengeklappt, ihre Computer ausgeschaltet und füllen nun ihre Einkaufswagen. Bald ist Weihnachten, dann ein guter Rutsch ins neue Jahr, Jahrhundert, Jahrtausend. Es wird ein langer Fernsehabend werden, und sie haben sich noch nichts zum Naschen besorgt.

Schönhauser Allee im Regen

Ab und zu regnet es auf der Schönhauser Allee. Ein Unwetter bringt das Geschäftsleben in Schwung. Die Fußgänger verlassen die Straßen und flüchten in alle möglichen Läden rein. Dort entdecken sie Dinge, die sie sich bei Sonnenschein nie ankucken würden, und kaufen Sachen, die sie eigentlich überhaupt nicht brauchen, zum Beispiel Regenschirme. Wenn der Regen aufhört, ist die Luft wunderbar frisch, es riecht nach Benzin und den wasserfesten Farben der Fassaden. In jedem Mülleimer steckt dann ein Regenschirm, und überall sind große Pfützen zu sehen. Meine Tochter Nicole und ich gehen oft nach dem Regen spazieren. Wir gehen am Optikladen vorbei. Dort kauft sich ein Araber eine Brille.

»Kuck mal«, zeigt Nicole mit dem Finger auf ihn. »Eine Frau mit Bart!«

»Nimm deinen Finger runter!«, zische ich, »das ist keine Frau mit Bart, das ist ein Araber, der sich eine Brille kauft.«

»Wozu sind eigentlich Brillen gut? Für blinde Menschen?«, fragt mich meine Tochter.

»Nein«, sage ich, »blinde Menschen brauchen keine Brille. Man kauft sie, wenn man das Gefühl hat, etwas übersehen zu haben.«

Nicole zeigt auf die bunten Benzinstreifen, die in der Sonne blitzen. »Wäre es möglich, dass der Regenbogen vom Himmel runtergefallen ist?«

»Korrekt«, antworte ich.

Wir gehen weiter. Ein vietnamesisches Mädchen steht mit beiden Füßen in einer besonders tiefen Pfütze. Das Wasser reicht ihr fast zu den Knien. Sie bewegt sich nicht und kuckt traurig vor sich hin. Eine alte Frau bleibt vor ihr stehen. »Armes Mädchen! Du hast ja ganz nasse Füße«, sagt sie. »Warum gehst du nicht nach Hause und ziehst dir neue warme Socken an?«

Die kleine Vietnamesin schweigt.

»Hast du überhaupt andere Socken?«, fährt die alte Dame fort. »Wo wohnst du? Hast du ein Zuhause?«

Ein Ehepaar bleibt ebenfalls bei dem Mädchen stehen, die Frau erwartet ein Baby, so sind sie auch interessiert.

»Verstehst du eigentlich unsere Sprache?«, fragt der Mann besorgt. Das Mädchen schweigt.

»Sie hat sich bestimmt verlaufen und kann ihre Eltern nicht finden, armes Kind«, vermutet die alte Frau.

Eine Touristengruppe frisch aus einem Bus nähert sich dem Mädchen vorsichtig. Überwiegend ältere Menschen, die miteinander plattdeutsch reden.

»Aber warum steht sie in einer so tiefen Pfütze?«, fragt ein Mann.

»Das ist doch ganz klar: Sie kann unsere Sprache nicht und will auf diese Weise unsere Aufmerksamkeit erregen. Sie signalisiert uns, dass sie Hilfe braucht«, erklärt die schwangere Frau.

»Was machen wir jetzt?«, fragt die alte Dame, die als Erste das Mädchen entdeckt hat. »Wir können das Kind unmöglich allein hier stehen lassen. Am besten wir rufen die Polizei.«

»Genau«, meint die Touristengruppe, »rufen Sie die Polizei, und wir passen inzwischen auf das Kind auf.«

Plötzlich springt das vietnamesische Mädchen aus der Pfütze nach vorn, das schmutzige Wasser bespritzt die Passanten. Alle sind nun nass: die alte Frau, das Ehepaar, die Plattdeutschtouristen. »Reingelegt!«, ruft das Mädchen, lacht dabei diabolisch und verschwindet blitzschnell um die Ecke. Alle Betroffenen bleiben fassungslos auf der Straße stehen. Nicole und ich kennen das Mädchen, weil sie in unserem Haus wohnt. Ihre Eltern haben einen Lebensmittelladen im Erdgeschoss und geben uns manchmal Erdbeeren und Bananen umsonst.

Und diesen Witz kennen wir auch schon. Das Mädchen macht ihn jedes Mal, wenn die großen Pfützen auf der Schönhauser Allee auftauchen und die Menschenmengen kurzzeitig verschwinden.

Auf wunderbare Weise wird die Allee aber schnell wieder trocken und belebt, sodass dann keiner mehr auf die Idee kommt, dass es hier vor kurzem noch geregnet hat.

Integration auf der Schönhauser Allee

Die Integration in eine fremde Kultur ist ohne Sprachkenntnisse nicht möglich, das weiß jedes Kind. Sogar mein Kind weiß es, obwohl es erst zehn Monate alt ist. Neulich zerrte es bereits ein dickes russisch-deutsches Wörterbuch aus dem Bücherregal, schlug es unter großen Anstrengungen auf, riss fünf Seiten heraus und stopfte sie sich in den Mund. Warum hat das Kind ausgerechnet ein deutsches Wörterbuch gefressen aus einem Regal, in dem hunderte russischer Bücher nebeneinander standen? Auf diese Weise lernt das Kind Deutsch, vermute ich. Intuitiv fühlt der kleine Mann, was ihm für seine Zukunft nützlich sein wird. Auch meine dreijährige Tochter Nicole trainiert ständig ihre Aussprache. Sie kann bisher nur einen Satz auf Deutsch, den aber perfekt: »Wie heißt du?« Jedes Mal, wenn mein Kollege Helmut Höge zu uns kommt, rennt sie zur Tür, um ihn »Wie heißt du, Helmut?« zu fragen.

Für viele Phänomene, die in Berlin zu unserem Alltag gehören, gibt es auf Russisch schlicht keine Begriffe. Deswegen haben sich inzwischen solche deutschen Wörter wie »Gerichtsvollzieher«, »Terminkalender« und »Überweisungsauftrag« fest in unserem Russisch etabliert.

Meine Frau lernte Deutsch in einer brasilianischen Kneipe in der Sredzkistraße, wo sie als Tresenkraft ihre erste Anstellung bekommen hatte. Die ersten Wörter, die sie dort lernte, waren »Wichser« und »Alles Banane«. Mit einem Wort: typische Kneipenausdrücke. Inzwischen beherrscht sie sogar die feinen Nuancen der Sprache und sagt niemals wie früher »Haarbrüste« sondern richtig »Haarbürste«. Auch ich arbeite ständig an der Verbesserung meiner Sprachkenntnisse. Ich esse keine Wörterbücher, das habe ich nicht nötig, aber ich versuche immer wieder, den so genannten Wortmüll aus meiner Sprache zu streichen. Ich habe Deutsch auch nicht an der Uni, sondern mehr auf der Straße und vor dem Fernseher gelernt und muss deswegen tierisch aufpassen. Damals hatte ich noch keinen Kabelanschluss und konnte nur die seriösen Programme empfangen, in denen oft politische Diskussionen übertragen wurden. Das hat in gewisser Weise meine Sprachkenntnisse geprägt. Doch langsam befreie ich meine Sprache von diesem Müll. »Von der Sache her«, ist schon längst weg, ebenso »ich persönlich bin der Meinung«. Mit »sozusagen« werde ich auch noch fertig, weil meine Frau das Wort entsetzlich findet und mich immer wieder darauf aufmerksam macht.

Ich persönlich halte den Ausdruck »Ich muss nicht erst betonen« für den schlimmsten. Erst einmal finde ich das Wort »betonen« ekelhaft. Zweitens ist diese Redewendung sehr widersprüchlich. Wenn man etwas »betonen« muss, dann betont man es eben, oder man lässt ganz einfach die Finger davon. Aber irgendetwas zu beschreiben, was man mit Absicht nicht tun würde, weil man es überflüssig findet, ist grober Unsinn. Ich muss nicht betonen, wie oft ich diese blöde Redewendung schon im Fernsehen gehört habe. Und irgendwann hat es mich angesteckt. Das ist wie mit dem Rauchen – anzufangen ist ganz leicht, aufhören kostet Mühe. Ich muss nicht betonen, wie stark solche Sprüche meine Integration beeinflussen. Aber von der Sache her sind in der letzten Zeit in unserer Kleinfamilie große Fortschritte auf diesem Gebiet nicht zu übersehen, und einen Kabelanschluss haben wir, wie erwähnt, auch bereits. Ich muss also nicht extra betonen, dass Integration für uns kein Wortmüll ist.

Das Wasserbett

Dreimal versuchte unsere Freundin Marina eine eheähnliche Beziehung mit einem Landsmann aufzubauen. Alle drei Kandidaten schienen richtig in sie verliebt und auch opferbereit zu sein, doch jedes Mal scheiterte Marinas Vorhaben. Die Russen waren enttäuschend: »Sie fangen schnell Feuer, doch noch schneller brennen sie durch«, meinte Marina. Der letzte Russe, den sie übrigens auf unserer Veranstaltung »Russendisko – zum Tag des Sieges« am 9. Mai kennen gelernt hatte, wirkte sehr solide. Er war ein erfolgreicher Geschäftsmann, der deutsches Schweinefleisch in Rindfleischdosen nach Mittelasien verkaufte. Auf diese Weise rettete er dort viele Moslems vor dem Hungertod, ohne sie in die Sünde zu treiben, und gleichzeitig bereicherte er sich. Der Geschäftsmann litt jedoch unter Einsamkeit. Als er Marina erblickte, wie sie sich mit ihren blonden Haaren auf dem Parkett des *Kaffee Burger* drehte, verschlug es ihm zunächst die Sprache. Er hielte sich an seiner Bierflasche fest und durchbohrte Marina mit begeisterten Blicken. Es war Liebe auf den ersten Blick. Kurz vor Sonnenaufgang kamen sie ins Gespräch: Marina erzählte ihm, wie schwer ihr Leben sei, dass sie im Architekturbüro, in dem sie arbeitete, noch immer keinen anständigen Vertrag habe, dass ihre vierzehnjährige Tochter sich von ihr nichts mehr sagen ließe, und dass ihre neue Wohnung in Charlottenburg dringend renoviert werden müsste.

Schon am nächsten Tag stand der Geschäftsmann vor ihrer Tür und machte sich sofort an die Arbeit. Nach sechs Stunden hatte er bereits die Hälfte des Fußbodens mit Laminat ausgelegt. Und das nicht einmal schlecht – fürs erste Mal. Der Geschäftsmann durfte bleiben.

In den nächsten drei Tagen entwickelte er eine unglaubliche Aktivität bei der Lösung der Haushaltsfragen: Die Wohnung glänzte, alles was er in die Hände bekam, wurde repariert und verbessert, die Tochter brachte er erst zum Volleyball, dann zum Fechten und anschließend noch zum Tanzunterricht. Er stand als Erster auf, bereitete das Frühstück und brachte Marina den Kaffee ans Bett. Er verließ die Wohnung nur, um einzukaufen und die Tochter herumzufahren. Seine Geschäfte vernachlässigte er völlig. »Die Moslems in Mittelasien müssen lernen, in Zukunft ohne Schweinefleisch auszukommen, ich will mich nur noch dem Familienleben widmen«, versprach er. Doch in Marinas Ohren klang das schon bald wie eine Drohung; dieses übertriebene Familienleben ging ihr nämlich langsam auf die Nerven. Sie hatte sich zwar etwas Derartiges gewünscht – mit einem starken Mann zusammenzuleben –, aber nicht von heute auf morgen. Außerdem war sie schon längere Zeit alleine und nicht mehr gewohnt, dass von früh bis spät jemand in ihrer Wohnung hin und her wuselte. Der Mann erzählte mehrmals am Tag – zum Frühstück, zum Mittag- und zum Abendessen – wie gut es ihm tue, so ein Familienleben zu haben, und dass er sich für den Rest seines Lebens nichts anderes wünsche. Ferner, dass er durch Marina ein anderer Mensch geworden sei und sich ein Leben ohne sie überhaupt nicht mehr vorstellen könne. Am fünften Tag ging er zum Videoverleih um die Ecke, um eine Kassette zurückzugeben und Zigaretten zu holen; und kam nicht wieder zurück.

»Ich habe von den Russen die Nase gestrichen voll«, meinte Marina auf der nächsten Russendisko zu mir. »Sie haben alle eine Macke, von ihren Müttern und Vätern. Sie wissen einfach nicht, was sie wollen. Ich brauche einen deutschen Freund, der praktisch denkt und seiner Sache immer sicher ist.« Meine Frau und ich waren skeptisch. Die Macke ist international, behaupteten wir. Sie kommt nicht von irgendwelchen Müttern und Vätern. Es fällt allen immer schwerer herauszufinden, was sie eigentlich wollen.

Der Wunsch von Marina, einen praktischen Deutschen zu finden, ging schon bei der übernächsten Russendisko »Wildes Tanzen im Sommerloch« in Erfüllung. Das wunderte uns überhaupt nicht: Genau dafür hatten wir uns die Russendisko ja ausgedacht: um all das zusammenzuführen, was nicht zusammengehört. Ihr neuer deutscher Freund trug ein weißes Hemd und arbeitete bei einem

Autogroßhändler. Er wohnte in Karlshorst, Marina auf der Schönhauser Allee. Er besuchte sie regelmäßig, zuerst alle drei, dann alle zwei Tage. Stets brachte er Wein und Kerzen und zur Sicherheit sogar Streichhölzer mit, und auch sonst war er sehr nett. Manfred war praktisch und romantisch zugleich. Er war in Marina ernsthaft verliebt, und an einem Wochenende fuhren beide nach Koblenz, wo er sie mit seiner Mutter bekannt machen wollte. Doch von einem Zusammenleben war nie die Rede. Bis Manfred eine Nachricht vom Versandhaus Neckermann bekam: Das von ihm vor gut einem halben Jahr bestellte Wasserbett zum Preis von 2800,– DM sei wieder vorrätig und werde in den nächsten Tagen angeliefert. Nun stellte sich die Frage, wohin damit? Das Wasserbett in Karlshorst aufzustellen, obwohl er jede zweite Nacht in der Schönhauser Allee bei Marina verbrachte, wäre total unpraktisch gewesen. Abends kam er mit einem Blumenstrauß zu Marina und schlug ihr vor, zusammenzuziehen. Von dem neuen Wasserbett erzählte er ihr natürlich auch. »Ich habe nicht einmal einen Schrank«, regte sich Marina auf, »so ein Wasserbett ist wirklich das Letzte, was ich brauche.« »Für einen Schrank ist momentan nicht genug Geld da; zuerst müssen wir das Wasserbett abbezahlen«, erwiderte Manfred leise, »warte noch drei, vier Monate mit dem Schrank.«

Inzwischen sind beide schon über zwei Monate zusammen, das Wasserbett hat sich als eine ganz tolle Sache erwiesen, und der Schrank ist auch schon bestellt – er wird demnächst geliefert.

Sommerkultur

Was machen die russischen Künstler in Berlin, wenn es heiß wird, das Ozonloch sich gnadenlos ausbreitet, und die meisten Bewohner der Hauptstadt entweder wegfahren oder sich zu Hause verbarrikadieren und vor sich hin schwitzen? Die Russen treiben ihr schöpferisches Tun weiter, und nichts kann sie davon abbringen. Der Bildhauer Iwanov zum Beispiel hat sich gegen Alkoholismus sensibilisieren lassen. Er brach seine fast zwei Monate lang andauernde Trunksucht ab und konnte nun sein triumphierendes Werk vollenden, ein einzigartiges Design für eine von den Russen gerade eröffnete Sushi-Bar in der Friedrichstraße. Die Besitzer hatten den Künstler schon seit einer Ewigkeit überall gesucht und waren auf Iwanow stinksauer. Man konnte sie gut verstehen: Alles war längst für die Eröffnung vorbereitet: drei Köche – zwei Mongolen und einer aus Vietnam – waren bereits engagiert, die Inneneinrichtung aus Amerika installiert und die Fische eingefroren. Nur das verdammte Design ließ auf sich warten.

»Pass auf, Iwanow«, sagten die Besitzer, wir wollen diesmal keine solchen Schwierigkeiten mit dir kriegen wie das letzte Mal mit der verdammten Pizzeria. Mal uns einfach zwei große lachende Fische; einen blauen an die Eingangstür und einen roten an die Decke, und fertig ist unsere Sushi-Muschi-Bar.«

An die Geschichte mit der Pizzeria erinnerte sich Iwanow nicht gern. Damals hatte er eindeutig mit dem Design übertrieben. Die Besitzer wollten echt italienischen Barock mit Kerzenlicht und üppigen Figuren – geflügelte Jungs und Mädchen. Der Künstler wollte aber etwas Einzigartiges. Er kreierte eine ziemlich große Salamipizza aus Bronze, die er an der Decke befestigte. Aber schon bei der Eröffnungsparty, als die ersten Gäste anfingen zu tanzen, fiel die Salamipizza wie ein Stein auf das Parkett. Zum Glück wurde niemand verletzt.

Die von ihm geschaffene Sushi-Bar-Dekoration bestand allerdings aus sehr viel leichteren Materialien; hauptsächlich aus gelbem, japanischem Papyrus, der mit Iwanows persönlichen Hieroglyphen bemalt werden sollte. Auf diese Hieroglyphen war der Künstler, wegen ihres authentischen Ursprungs, besonders stolz: Er hatte sie im Delirium im Waschraum unter der Badewanne entdeckt. Die meisten Hieroglyphen hatten menschliche Augen, eines erinnerte Iwanow an seine vor drei Jahren verstorbene Mutter. Trotzdem konnte der Bildhauer sein Design schnell und phantasievoll vollenden. Alle waren glücklich, der Laden wurde eröffnet, die Hieroglyphen machten das Publikum neugierig. Vor allem japanische Touristen verbrachten so manche Stunde in dem Laden.

Sie aßen nichts, sondern fotografierten nur ununterbrochen die Wände. Nach zwei Wochen brannte jedoch der an sich gut gehende Laden vollkommen ab. Der Koch aus Vietnam hatte mit einem der Köche aus der Mongolei eine Wette abgeschlossen. Er hatte behauptet, dass Sushi gebraten genauso gut schmecken würde wie frisch. Um die Sache zu entscheiden brachte der Vietnamese eines Tages einen Grill zur Arbeit mit. Das Sushi benahm sich sehr seltsam auf der Grillplatte: Es fing Feuer, zusammen mit dem Laden. Die Mongolen meinten, die Ursache dafür sei der japanische Senf, der eindeutig nach Benzin rieche.

Iwanov bekam derweil einen neuen Auftrag. Die Nachricht, dass der Mann mit den goldenen Händen sich zur Vernunft bringen ließ und damit wieder nüchtern und zuverlässig geworden war, verbreitete sich schnell in Berlin. Diesmal sollte er für zwei Brüder aus Georgien einen Thai-Imbiss renovieren, das heißt mit thailändischen Motiven dekorieren. Die drei inzwischen arbeitslos gewordenen Köche – der Vietnamese und die zwei Mongolen – wurden kurze Zeit später ebenfalls von den georgischen Brüdern engagiert.

Iwanow war aber mit Japan noch lange nicht fertig. Im Gegenteil, weitere Fische zu malen entwickelte sich bei ihm zu einem wahren Bedürfnis. Zu Hause malte er zwei Fische an die Wände in der Küche und im Bad. Der thailändische Imbiss sah ebenfalls bald wie ein Aquarium aus. Die Imbissfische waren aber ganz anders als die in der

Sushibar: klein, grau und schlitzäugig. Die georgischen Brüder waren von der Professionalität des gelernten Bildhauers beeindruckt und bestellten bei ihm ein Porträt ihres vor kurzem verstorbenen Opas – in voller Lebensgröße und für tausend Mark. Sie gaben ihm ein Familienfoto mit, auf dem ihr Großvater in einem schwarzen Anzug ganz vorne im Bild stand. Seine Brust war von oben bis unten mit Orden bedeckt. Der georgische Opa hatte den Zweiten Weltkrieg mitgemacht, Berlin gestürmt und dabei viele Heldentaten vollbracht. Danach kam er aber trotzdem erst einmal in den Knast, weil er sich beim Trophäensammeln übernommen hatte und nicht nur die Deutschen, sondern auch die Russen und Amerikaner um einige wertvolle Gegenstände erleichtert hatte.

Seine Enkel bestanden bei dem Bild nun auf absoluter Ähnlichkeit. Es sollte ein hyperrealistisches Porträt werden. Keine Flossen, keine Kiemen, sondern nur der Opa samt all seiner Orden. »Ich weiß nicht«, sagte der Bildhauer, »die absolute Ähnlichkeit kann ich nicht garantieren.«

»Musst du aber«, warnten ihn die georgischen Brüder, »sonst reißen wir dir den Kopf ab.« Einen Monat lang quälte sich Iwanow mit dem Foto herum, besonders schwer fiel ihm das Gesicht und die rechte Hand, die auf dem Foto in der Luft hing, so als ob der Opa gerade jemanden grüßen würde. Der Bildhauer stand kurz vor der Verzweiflung, den Vorschuss hatte er längst ausgegeben, ein Rückfall in den Suff kam nicht in Frage. Aber der

Alte wollte und wollte seinem Foto einfach nicht ähnlich werden. Eines Tages kam Iwanow auf eine tolle Idee: Er vergrößerte das Foto im Copyshop auf DIN-A1, schnitt den Opa raus und klebte ihn auf die Leinwand. Danach übermalte er das Foto mit verschiedenen Aquarellfarben, bis es wie ein Gemälde aussah. Die Brüder konnten ihm nichts vorwerfen, die Ähnlichkeit war geradezu verblüffend. Sie hängten das große Bild gleich in ihrem thailändischen Imbiss an die Wand. Von lauter kleinen Fischen umgeben sah der Kriegsheld nun noch erhabener aus und passte perfekt zu dem ganzen Design. Das Bild wurde bei den Imbissgästen schnell populär. Sie gaben ihm mehrere Titel: »Der Angler und seine Beute«, »König der Fische«, und »Neptun in Rente.« Iwanows Lust, die Bewohner des Meeres zu porträtieren, erlosch jedoch bald. Er wurde Vegetarier und hörte schließlich sogar mit dem Rauchen auf.

Komm in den Kindergarten

Die Leiterin der »Bambini-Oase« benahm sich sehr merkwürdig. Sie sprang in ihrem Büro von einer Ecke in die andere und kratzte sich ständig den Rücken. Ihre Brille saß schräg auf dem Kopf und drohte jede Sekunde herunterzufallen. »Sie müssen mich am Telefon missverstanden haben«, sagte die Kita-Leiterin zu uns, »ich hatte nie irgendwelche Plätze frei. Ich werde auch in Zukunft ...« Sie machte einen Sprung nach vorn und landete direkt vor uns: »... keine neuen Kinder aufnehmen. Auf Wiedersehen!« Letzteres schrie sie fast, während sie aus ihrem Büro lief. Meine Tochter Nicole und ich gingen ebenfalls an die frische Luft.

»Man hat mich im Kindergarten nicht genommen. Wie soll ich nun weiterleben?«, fragte Nicole und war ganz traurig. Zu Hause nahm ich erneut die Broschüre »Was ist wo im Prenzlauer Berg« in die Hand: »Wir kriegen das schon hin, es gibt doch noch zwei Dutzend weitere Kindergärten rund um die Schönhauser Allee, es muss ja nicht unbedingt die ›Bambini-Oase‹ sein. Wie wäre es zum Beispiel mit der ›Kleinen Flohkiste‹ oder dem ›Wirbelwind‹?«

Ich telefonierte mit allen. Am Ende hatte ich eine klare Absage von zehn Einrichtungen, die leise Hoffnung, dass meine Tochter in die Kita-»Räuberbande« durfte, jedoch erst ab Oktober, und eine feste Zusage von den »Frechen Früchtchen«: Sie stünden uns ab sofort zur Verfügung. Die Tatsache, dass meine Tochter noch kein Deutsch sprach, schreckte die Erzieherinnen nicht ab. Sie konnten sogar alle »Guten Tag« und »Wie heißt du« auf Russisch sagen. So ein Zufall! Genau diese zwei Sätze konnte Nicole auch auf Deutsch. Doch die Mannschaft von den »Frechen Früchtchen« schien sehr lieb zu sein. Irgendwie wird es schon klappen, dachte ich.

»Sie müssen aber um neun kommen. Sonst verpassen Sie unser ganzes Lehrprogramm«, sagte die Leiterin der »Frechen Früchtchen« zu mir.

»Was gibt es denn um neun?«, fragte ich sie.

»Zwischen neun und zehn singen wir mit den Kindern zusammen, spielen auf verschiedenen Musikinstrumenten, lernen neue Gedichte und tanzen herum.«

Interessant, dachte ich, wie klug unsere Gesellschaft organisiert ist. Die Kinder treiben zwischen neun und zehn genau das, womit die Eltern sich erst nach Mitternacht beschäftigen können. Dadurch wird erreicht, dass die Generationen einander bei ihrem Spaß niemals zu sehen kriegen, und er ihnen so für immer ein Geheimnis bleibt.

»Danach geht die ganze Bande auf den Spielplatz, dann ist Mittag und anschließend Schlafenszeit«, fügte die Leiterin hinzu. »Also kommen Sie doch etwas früher.«

Am nächsten Tag waren wir pünktlich um neun zur Stelle. Die frechen Früchtchen saßen auf dem Teppich in einem großen Raum und lernten ein neues Lied:

Schlaf mein Kleiner, schlaf lange,
Deine Mutti ist ausgegangen.

Die Erzieherin sang mit hoher Stimme vor.

Sie ist ganz weit ausgegangen/
Und kommt nicht mehr heim./
Sie ist ganz weit ausgegangen/
Und lässt dich ganz allein.

Manche Kinder schliefen dabei wirklich ein, andere lachten nur nervös oder kuckten uns, die Neuankömmlinge, neugierig an. Danach las die Erzieherin aus dem Märchenbuch *1001 Nacht* vor. Mit großem Erstaunen bemerkte ich, wie haargenau diese uralten orientalischen Geschichten die gegenwärtige Wirtschaftssituation in Deutschland widerspiegelten und die Kinder damit schon jetzt auf ihr zukünftiges Berufsleben vorbereiteten.

»Wie ist dein Name, Wanderer, und was für ein Handwerk betreibst du?«, fragte der Großwesir den Unbekannten.

»Ich bin Suleyman, der Sohn von Rachid. Ich kann das Schicksal aus den Sternen lesen, Schlangen beschwören und singen und tanzen. Außerdem kann ich die gesamte Geschichte Ihres Landes in hochwertigen Reimen zu Papier bringen.«

»Deine Künste werden in unserem Lande nicht gebraucht«, antwortete der Großwesir enttäuscht. »Die Bürger hier leben vom Handel. Alles andere interessiert sie nicht. Aber ich gebe dir einen guten Rat. Geh in den Wald, Suleyman, Sohn des Rachid. Und nimm ein Seil und eine Axt mit. So kannst du uns jeden Tag mit Holz beliefern, dafür bekommst du bis zu einem halben Dinar.«

Exakt dasselbe Gespräch hatte ich Ende November im Arbeitsamt mit einem Herrn Einstein geführt, als der mir eine blöde Umschulungsmaßnahme anhängen und mich davon überzeugen wollte, dass ich als Fliesenleger oder Tischler sehr viel glücklicher sein würde.

Einige freche Früchtchen schliefen bei dem Vortrag ein, doch andere hörten aufmerksam zu. Meine Tochter verstand zwar kein Wort, aber dadurch war er für sie nur noch interessanter. Die Erzieherin zwinkerte mir mit dem linken Auge heimlich zu. Damit gab sie mir ein Zeichen: Es war die richtige Zeit für mich zu gehen. Leise verließ ich den Raum. Wenn es stimmte, was mir einige Freunde erzählt hatten, dass nämlich Kinder in dem Alter fähig sind, sich innerhalb von einigen Stunden in einer neuen Sprache zurechtzufinden, dann konnte Nicole mir vielleicht schon heute Abend erzählen, ob der Geist aus der Flasche dem Holzfäller Suleyman aus der Klemme half, damit er weiter seine Schlangen beschwören und hochwertige Reime über die Geschichte eines Landes produzieren konnte. War der Junge eigentlich überhaupt noch zu retten?

Berühmte Persönlichkeiten auf der Schönhauser Allee: Elvis Presley

Ein Zeichen des modernen Lebens ist der volle Briefkasten. Nicht nur die unvermeidlichen Pizzerien und gierigen Lottovereine, auch durchaus solide Unternehmen fühlen sich verpflichtet, jedem Briefkasteninhaber mitzuteilen, was sie gerade so treiben. Mir völlig unbekannte Banken kündigen per Post ihre Fusionierungspläne an, und Pharmakonzerne aus Westdeutschland werben für ihre Blutdruckmessgeräte. Jeder Briefkasten ist wichtig, hinter jedem verbirgt sich ein potenzieller Kunde. Auch der Ärmste, der nichts hat und wahrscheinlich auch früher nie etwas hatte. Aber wer weiß das schon, die Konsumrealität ist so flexibel geworden: Heute noch arm, aber schon morgen erbt der Mann vielleicht ein Vermögen und entwickelt sich rasch zu einem starken Konsumenten.

Ein weiteres Zeichen des modernen Lebens ist: Die meiste Post landet im Mülleimer, ohne gelesen zu werden. Keiner gibt sich mehr Mühe, einen dicken Briefumschlag mit der Aufschrift »Ihre persönliche Million« aufzumachen. Dafür steht auch bei uns im Haus ein extra

Karton unter den Briefkästen. Und alle Mitbewohner benutzen ihn. Jeden Tag. Außer meinen vietnamesischen Nachbarn aus dem Gemüseladen im Erdgeschoss. Sie nehmen jeden Brief ernst, den sie bekommen, studieren jeden Zettel und antworten sogar manchmal, obwohl es gefährlich ist. »Man kann auf diese Weise ganz leicht etwas erwerben, was man nicht braucht«, warnte ich sie. Doch die ganz anders erzogenen Asiaten sind der Meinung, dem Absender liege etwas daran, speziell sie anzuschreiben. Deswegen sind die Vietnamesen zum Beispiel schon mehrmals Mitglieder des Bertelsmann Leseclubs geworden, und haben viele wichtige Bücher, unter anderem »Das große biografische Lexikon der Deutschen«, bekommen.

Wenn ihre zehnjährige Tochter mit der Übersetzung der Post nicht fertig wird, dann kommen sie zu mir.

Sehr geehrter Herr Wan Dong!

las ich neulich in einem Schreiben, das mein Nachbar zusammen mit einer sehr hohen Rechnung bekam.

Vielen Dank für Ihre Interesse an unseren Produkten. Die deutsche Wurlitzer GmbH und Elvis Presley Enterprises gratulieren Ihnen zu einem tollen Einkauf. Sie haben die richtige Wahl getroffen: ein einmaliges Erzeugnis zum außergewöhnlich günstigen Preis: Die ONE MORE TIME ELVIS MASCHINE in

limitierter Auflage, handsigniert von unserem Geschäftsführer - im original Elvis-Schriftzug. Die weiße Schleiflacklackierung, die samtblaue Lautsprecherbespannung sowie die goldfarbenen Zierelemente mit Elvis-Motiven stehen symbolisch für die nostalgische Zeit des Rock 'n' Roll.
Bestückt mit 120 Elvis-CDs und einem 400-Watt-Verstärker kann die ONE MORE TIME ELVIS MASCHINE bis zu 1200 Songs gleichzeitig abspielen, die aber auch über eine Infrarot-Elvis-Bedienung angewählt werden können. Sechs integrierte Lautsprecher sorgen für den echten Elvis-Sound rund um die Uhr. Spezielle Elvis-Zusatzlautsprecher sind ebenfalls als Zubehör erhältlich.
Gewicht: 157 Kilo.

Ich schaute meinem Nachbarn nachdenklich in die Augen. Ist er nun völlig durchgedreht, oder hat man den Mann ganz einfach reingelegt?

»Hast du das Ding etwa bestellt?«, fragte ich ihn und zeigte auf die kleine Zeichnung, auf der eine Musikbox im Form eines dicken Mannes mit dem Kopf von Elvis Presley abgebildet war. Mein Nachbar verstand mich aber nicht.

»Kennst du diesen Mann?«, fing ich noch einmal an und zeigte auf den Kopf von Elvis.

»Ja«, sagte Herr Wan Dong. »Ja, ja, ja.«

Ich hatte es geahnt, schon in der ganzen letzten Zeit hatte mit dem Kerl irgendwas nicht gestimmt. Er hatte sich einen dicken Ohrring besorgt und eine goldgelbe Jacke gekauft. Vielleicht hatte Wan Dong das falsche Gemüse in seinem Laden gegessen?

»Ja, ja, ich kenne den Mann«, sagte Herr Wan Dong noch einmal. »Das ist doch Peter, der Barmann aus der Schwulen-Kneipe von nebenan. Aber was will er von mir? Hat er etwa Geburtstag?«

»Nein«, sagte ich, »Wan, du irrst dich. Das ist nicht Peter aus der Kneipe nebenan, das ist ein ONE MORE TIME ELVIS PRESLEY-Musikautomat, den du bei der Firma Deutsche Wurlitzer GmbH bestellt hast.«

»So?«, wunderte sich Herr Wan Dong. »Und was soll ich jetzt damit machen?«

»Entweder du schmeißt diesen Brief und die Rechnung in den Müll, wie alle es hier tun, oder du kaufst das Ding wirklich«, sagte ich, »und dann gibt es ganz viel Rock 'n' Roll in unserem Haus, dann tanzen wir.«

Multihaus

Die allein stehende Frau mit dem schwarzen Pudel, die Zigeunerröcke trug und lange dünne Zigaretten rauchte, ist ausgezogen. Kein Theater mehr im Treppenhaus. Jedes Mal, wenn wir uns zufällig dort begegnet waren, hatte sie mir so geheimnisvoll zugelächelt, als ob wir eine Affäre miteinander hätten. Doch genauso hatte sie auch die Vietnamesen aus dem Gemüseladen angeschaut, wenn sie im Erdgeschoss einkaufen ging. Diesen so genannten »Orgasmusblick« hatte ich oft bei Theaterleuten beobachtet. Nun ist die Frau weg.

Zweimal musste der Lkw hin- und herfahren. Übrig blieb eine von ihrem Pudel zum Teil zerfetzte tropische Pflanze in einem Tontopf, ein altes Poster mit einem mir gänzlich unbekannten Musiker in einer unmöglichen Pose, eine Chromnickelstahl-Stehlampe mit einem gelben Plastikschirm und eine Pappkiste mit Küchengeschirr. Das alles stand als eine Art Installation zum Thema »Großstadtmüll« im Hinterhof unseres Hauses und ließ mich jedes Mal an solch unangenehme Dinge wie Verfall, Verwüstung, Leiden und Tod denken.

In die leere Wohnung zogen sofort die Vietnamesen ein. Sie expandierten. Die Familie aus dem Gemüseladen hatte schon immer eine Wohnung direkt über uns gehabt. Die Besitzer des Textilgeschäfts im Haus nebenan, die mit dem lustigen Spruch »Textilien: billig und günstig« warben, wohnten nun direkt unter uns.

Ich kenne sie bereits. Früher saßen sie ständig auf drei Stühlen vor ihrem Geschäft, tranken Tee und taten nicht einmal so, als ob sie die sechshundert Badelatschen in der Auslage wirklich verkaufen wollten. Von den zwölf Wohnungen in unserem Haus sind nur noch vier an Deutsche vermietet: Da ist der dicke alte Mann im ersten Stock, der jeden Tag an der Haltestelle vor dem Haus sitzt und scheinbar auf die Straßenbahn wartet, aber niemals wegfährt. Dann die Motorradfrau, eine sportliche Dame, die ihr Motorrad mit in die Wohnung nimmt. Außerdem die ganz alte Mieterin neben uns, die uns für Bulgaren hält, und jedes Mal mit mir über Sofia reden will, obwohl ich ihr schon mehrmals gesagt habe, dass ich dort noch nie gewesen bin. Und dann ganz oben im Dachgeschoss ein Mann ohne Alter, mit dem Gesicht eines Massenmörders und einer kolumbianischen Frau. Zwei Wohnungen haben die Asiaten: Das sind die Badelatschenvietnamesen und die Gemüseladenvietnamesen. Dazu gibt es noch die Russen, eine islamische Gruppensexfamilie im oberen Stock und die Latino-WG.

Was unser Haus von den anderen unterscheidet, ist sein ganz besonderer Geruch. Ich würde sogar behaupten, es ist ein einmaliger Geruch. Am besten kann man ihn so gegen drei Uhr riechen. Wenn die Vietnamesen von oben und die von unten anfangen, ihren angefaulten Fisch zu frittieren, die alte Dame von nebenan ihre Kohlsuppe auf den Herd stellt, die Türken ihre Lammbrocken braten und die Latinos mit »Guantanamera« für die musikalische Begleitung des Mittagessens im Haus sorgen.

Neulich bekam ich einen Anruf von der »Abendschau«, und ein Journalist erkundigte sich höflich, ob er mit einem kleinen Fernsehteam bei mir zu Hause vorbeischauen dürfte: »Wir brauchen dringend für morgen irgendetwas zum Thema ›Russen in Berlin‹.«

»Was ist denn passiert?«, fragte ich.

»Na ja, der russische Präsident kommt nach Deutschland, und überhaupt... Wir kommen um drei und verschwinden wieder um vier.«

Schnell und schmerzlos sollte es sein, versprach mir der Journalist. Ich bin inzwischen schon fast ein Profi auf diesem Gebiet geworden und kann sogar im Schlaf eine klare Einschätzung zum Thema »Russen in Berlin« abgeben. Das Fernsehteam kam um drei – genau rechtzeitig zum Mittagessen. Der Kameramann wurde sofort aschgrau im Gesicht und musste sich die ganze Zeit ein Taschentuch vor die Nase halten. Der Journalist war mutig.

»Haben Sie eine Leiche in der Wohnung?«, fragte er mich.

»Nein«, antwortete ich, »so riecht unser Haus mittags immer.«

»Und woher kommt das?«

»Das ist Multikulti!«, sagte ich verlegen.

»Hochinteressant«, röchelte der Journalist.

Marinas Geburtstag

Unsere Freundin Marina feierte ihren Geburtstag. Diese Gelegenheit nutzte sie, um ihrem neuen deutschen Freund Manfred ihre zahlreiche Verwandtschaft vorzustellen. Vitalik, Marinas erster Ex-Ehemann und Vater von Marinas Tochter, war extra aus Kiew mit Glückwünschen angeflogen. Auch ihr zweiter Ex-Ehemann, wegen dem sie vor zehn Jahren den ersten verlassen hatte und mit dem sie von Kiew nach Berlin übergesiedelt war, war auf der Geburtstagsfeier anwesend, zusammen mit seiner ersten Ex-Ehefrau und deren Tochter, die er damals in Kiew wegen Marina sitzen gelassen hatte. Inzwischen wohnen diese beiden Frauen in Hannover. Eingeladen und erschienen war auch: der neue Mann der zweiten Ex-Ehefrau von Marinas zweitem Ex-Ehemann; der ältere Sohn des ersten Ex-Ehemannes mit seiner Mutter – der ersten Ex-Ehefrau des ersten Ex-Mannes von Marina – aus Kiew; und der neue Freund der zweiten Ex-Ehefrau von Marinas zweitem Ex-Ehemann aus Hannover.

Alle hatten einander schon lange nicht mehr gesehen, sie umarmten sich und küssten sich herzlich. Auf Manfred reagierten die Russen zuerst gar nicht. Vitalik, der erste Ex-Ehemann von Marina, wirkte rührend. Mit Tränen in den Augen öffnete er die zahlreichen Wodkaflaschen, eine nach der anderen, schüttelte den Kopf und sagte zu jedem: »Das Schicksal war hart zu uns, nicht wahr?« Der zweite Ex-Ehemann von Marina, ein Computerspezialist, bot allen an, neue Programme in ihren Computern zu installieren – natürlich gratis.

Die angereiste Verwandtschaft besprach ein wichtiges Thema: Seit Jahren versuchten sie den zweiten Ex-Ehemann der ersten Ex-Ehefrau des zweiten Ex-Ehemanns von Marina nach Deutschland zu holen, aber es hatte bisher nie geklappt. Er war seinerzeit allein in Kiew geblieben und lebte seitdem bei seiner alten Tante, die ihn bis heute versorgte. Er sei arbeitslos und würde die ganze Zeit vor der Glotze verbringen, berichtete die Tochter der ersten Ex-Ehefrau des zweiten Ex-Ehemanns von Marina, die ihn gerade in Kiew besucht hatte. Der Mann musste gerettet werden, doch eine Familienzusammenführung kam nicht in Frage: Die erste Ex-Ehefrau aus Hannover konnte ihren Ex-Ehemann unmöglich noch einmal heiraten. Außerdem war sie bereits mit einem anderen verheiratet. Möglich wäre jedoch, dass Marina, die gerade mal wieder unverheiratet war, den Mann aus Kiew heiratete. Der wollte aber nicht alleine kommen: »Nicht ohne meine Tante, sie ist alt und kann das Leben in Kiew allein nicht bewältigen«, hatte er letztens noch gesagt. Also brauchte die Tante auch einen Ehemann in Deutschland. Plötzlich fielen alle Blicke auf Manfred, den neuen Freund von Marina, der bisher trotz guter Russischkenntnisse bei dem Gespräch außen vor geblieben war. Was wäre, wenn er die Tante von dem zweiten Ex-Ehemann heiratete? Sofort geriet Manfred in den Mittelpunkt der allgemeinen Aufmerksamkeit. Die Gläser wurden erneut mit Wodka gefüllt.

»Hallo, Manfred«, sagten die Russen, »wir sind froh, dass du jetzt zu unserer großen Familie gehörst; sei du auch froh.«

»Bin ich, aber es ist schon spät, ich muss morgen um sieben zur Arbeit, seid ihr nicht auch müde? Wir können doch das alles ein andermal besprechen«, schlug Manfred vorsichtig vor.

»Kommt nicht in Frage«, sagten die Russen. »Die Party fängt doch jetzt erst richtig an!«

Sie tranken den Wodka aus, drehten die Musik lauter, gingen zu zweit und zu dritt ins Schlafzimmer, um auf Manfreds Wasserbett zu hüpfen, bis aus allen Ecken Wasser tropfte. Danach tanzten die Gäste auf dem Sofa, bis es auseinander fiel. Der erste Ex-Ehemann unterhielt sich derweil in der Küche mit dem Schrank.

»Das Schicksal war so hart zu uns«, sagte er immer wieder zum Küchenschrank und versuchte ihn zu umarmen. Eine Tür brach ab. Um drei Uhr kam der Ex-Freund der zweiten Ex-Ehefrau des zweiten Ex-Ehemanns von Marina, um seine Ex-Freundin abzuholen. Die wollte aber nicht gehen, ohne vorher das Dessert probiert zu haben.

»Was hast du zum Nachtisch vorbereitet, Marina?«, riefen die Russen und suchten die Gastgeberin überall. Sie hatte sich im Badezimmer versteckt, die Tür abgeschlossen und gab kein Lebenszeichen von sich.

»Was wollt ihr zum Dessert?«, fragte Manfred die Anwesenden.

»Sex«, sagte plötzlich der erste Ex-Ehemann aus Kiew und machte das Licht aus. In der Dunkelheit begann er, den Ex-Freund der zweiten Ex-Ehefrau zu attackieren, die beiden kämpften auf dem Teppich, die Umstehenden versuchten, sie auseinander zu zerren.

Am nächsten Tag waren alle weg. Marina kam aus dem Badezimmer und konnte sich an nichts mehr erinnern. Auf Manfreds Vorschlag, alles in der Wohnung so liegen zu lassen bis zu ihrem nächsten Geburtstag, weil die Russen dann sowieso alles wieder kaputtmachen würden, reagierte sie zickig.

»Sie mögen vielleicht manchmal unerträglich sein, aber in Wirklichkeit sind sie sehr nett. Sie haben mir so viele Blumen geschenkt«, verteidigte sie ihre Landsleute.

»Und das Sofa platt gemacht. Jetzt können wir das Ding nur noch wegschmeißen«, fügte Manfred hinzu.

»Sie randalieren nur, weil sie so schüchtern sind und leicht verletzlich und so schwer Zugang zueinander finden«, erklärte Marina.

»Das habe ich aber ganz anders in Erinnerung. Wenn diese schüchternen Menschen uns noch einmal besuchen, springe ich sofort aus dem Fenster«, erwiderte Manfred.

Die beiden stritten sich noch zwei volle Stunden, danach gingen sie zusammen in die Schwimmhalle im Ernst-Thälmann-Park, um ihren Geburtstagsstress abzubauen. Anschließend vertrugen sie sich wieder. Die Wohnung sah schon nach zwei Tagen wie neu aus.

Kannibalismus

Als die russische Raumstation *MIR* vor fünfzehn Jahren auf ihre Umlaufbahn gebracht wurde, spielte sie eine wichtige Rolle in dem damaligen »Kampf für den Frieden«, den die Sowjetunion gegen den Westen führte. Die gesamte Wirtschaft des Landes musste sich damals tierisch anstrengen, um bei der Produktion neuer nuklearer Waffen mithalten zu können. Es gab kaum noch Betriebe, die nichts mit Waffenproduktion zu tun hatten. Der damalige Generalsekretär und leidenschaftliche Weltverbesserer Gorbatschow unterbreitete deswegen auf dem XXVII. Parteitag der KPdSU Vorschläge zur vollständigen Beseitigung der Kernwaffen auf der Erde bis zum Jahr 2000. Die Delegierten verabschiedeten auf dem Parteitag einen Aufruf an den amerikanischen Kongress: »Für Fortschritt und Völkerverständigung – gegen nukleare Erpressung« hieß er. »Mal sehen«, meinten die Amerikaner dazu nur, »es ist ja noch lange hin bis zum Jahr 2000.«

Die Raumstation *MIR* kreiste Jahrzehnte um die Erde. Über vierzigmal verkoppelte sie sich mit anderen Raumschiffen aus verschiedenen Ländern und koppelte sich wieder ab, einmal knallte sie gegen die Station »Fortschritt« und bekam auch von vorbeifliegenden Meteoriten immer wieder was ab. Darüber wurde sie alt und klapprig und schließlich entfernte man sie vom Himmel. Ihre Friedensmission war gescheitert. Die Welt ist immer noch voller Waffen, und Gründe für permanente Nachrüstung werden stets neu erfunden.

Das Wort »MIR» bedeutet auf Russisch nicht nur »Frieden«, sondern auch »die Welt«. Dies gab den russischen Journalisten Anlass, unzählige Witze über das Ende der Welt zu erfinden, als die Raumstation Ende März abstürzte. »Unsere Welt geht unter, sie ist nicht mehr zu retten«, grunzte beispielsweise der Moderator des russischen Fernsehens ein ums andere Mal. Auch die unzähligen Zeitungen und Zeitschriften machten bei dem Wortspiel gerne mit, obwohl gut die Hälfte davon auch »Mir« heißt und mit ihren Auflagen ebenfalls konsequent nach unten steuert: »Die Welt des Ostens«, »Die Tierwelt«, »Die Weltrundschau«, »Die neue Welt«, und so weiter. Vor fünfzehn Jahren war in Russland die Zeitschrift »Rund um die Welt« sehr populär. Es war die russische Variante von »GEO«, stets mit einem nackten Afrikaner auf dem Titelbild, der eine krumme Holzlanze in der Hand hielt. Diese Zeitschrift übte auf die Russen eine ungemein beruhigende Wirkung aus: »Rund um die Welt« beschäftigte sich hauptsächlich mit Völkern, die noch keine Kleider trugen. Das gab der Zeitschrift einen gewissen erotischen Anstrich und gleichzeitig dem Leser ein Gefühl des Wohlstands. Er sah mit eigenen Augen, dass auf der Welt massenhaft Menschen lebten, die noch weniger zum Anziehen hatten als er. Besonders intensiv beschäftigten sich die Herausgeber der Zeitschrift mit den Kannibalen. »Bei uns werden ab und zu die Rechte der Menschen verletzt, anderswo werden die Leute jedoch gleich aufgefressen«, lautete die Botschaft.

Heute ist in Russland eine Zeitschrift namens »Die kriminelle Welt« für Kannibalismus zuständig. Anstatt eines Afrikaners mit Lanze haben sie eine nackte Frau mit Riesenbrüsten auf dem Titelblatt. Unten drunter steht die lustige Bemerkung: »Lehrerin vergewaltigte ihre Schüler gleich im Klassenzimmer.« Auf der nächsten Seite heißt es: »Untote Sekretärin saugte das Blut ihres Chefs.« Durch solche Berichte wird dem Leser ein Gefühl der Geborgenheit und der Sicherheit vermittelt: Das Grauen ist nicht hier in Moskau, sondern gute zwanzig Kilometer entfernt, also am Arsch der Welt in irgendeinem Klassenzimmer. Die Blut saugenden Sekretärinnen gehören auch nicht gerade zu jedermanns Alltag, es ist aber gut zu wissen, dass es sie gibt. Man kann danach schön träumen.

Die »Kriminelle Welt« wird auch bei mir in der Familie gerne zum Frühstück gelesen. Sie ist äußerst informativ und unterhaltsam. »Dichter essen Dichter«, stand neulich auf dem Titelblatt. Die Zeitschrift berichtete über einen jungen Mann, der erst dann dichten konnte, wenn er Menschenfleisch gegessen hatte. Der Künstler ekelte sich zwar vor sich selbst, konnte aber nicht anders. Er aß vor allem junge Frauen und Kinder. Danach verarbeitete er seine schmerzvollen Erfahrungen in seinen poetischen Werken. Jahrelang ging alles gut. Bis er eines Tages auf die Idee kam, seine Werke zu veröffentlichen. Der Menschenfresser brachte seine Gedichte zur Zeitschrift »Poetische Welt«. Der stellvertretende Redakteur dieser Zeitschrift, ebenfalls ein Dichter und obendrein überzeugter Kommunist, lehnte die Werke des Kannibalen wütend ab und beschuldigte ihn sogar der Dekadenz. Daraufhin entschied sich der sensible Künstler, den kommunistischen Kollegen zu killen. Er versteckte sich in einer dunklen Ecke in der Nähe der Redaktion und überfiel den Kommunisten auf dem Heimweg. Doch der alte Dichter war schlau. Er hatte nämlich immer seine Machete dabei, die er während seines Aufenthalts auf Kuba 1985 von einem kubanischen Dichter geschenkt bekommen hatte. Mit einem einzigen Schlag, den ihm die kubanischen Kollegen beigebracht hatten, zerhackte er den jungen Dichter in drei Teile und rettete dadurch sein eigenes Leben. Eine lehrreiche Geschichte. Jeder Dichter muss die Grenzen seiner Begabung richtig einschätzen können, sonst verliert er den Sinn für die Realität und unter Umständen sogar das Leben.

Auch bei uns auf der Schönhauser Allee ist die Kannibalenproblematik hochaktuell. In der Cocktailbar des Filmtheaters Cinemaxx direkt gegenüber von unserem Haus werden zu jedem neuen Film auch neue Mixgetränke erfunden. Letzte Woche war es ein Longdrink namens »Das Experiment«, danach gab es einen »Traffic-Cocktail« und diese Woche wird ein »Cocktail Hannibal« für 8,50 DM angeboten.

»Was ist im ›Hannibal‹ eigentlich drin?«, fragte ich den Barkeeper, einen großen älteren Mann, der immer etwas müde wirkt und dem amerikanischen Sänger Johny Cash ähnlich sieht.

»Canadian Rum, Zitronensaft, Puderzucker«, seufzte er. »Und ein bisschen Hirn«, fügte er nach einer langen Pause hinzu.

Kriminelle Aktivitäten auf dem U-Bahnhof Schönhauser Allee

Am U-Bahnhof Schönhauser Allee versammeln sich ständig verdächtige Personen. Sie sehen so aus, als ob sie gerade eine Straftat planen würden oder bereits eine begonnen hätten und nun auf der Flucht wären. Sie laufen nervös hin und her, schauen ständig auf die Uhr und rauchen pausenlos. Viele sehen auch selbstmordverdächtig aus. Sie stehen am Rand des Bahnsteigs und beobachten aufmerksam die unter tödlichem Strom stehenden Schienen. Zum Glück kommt alle fünf Minuten ein Zug und entführt dieses scheinbar kriminelle Publikum ins Grüne und Richtung Ruhleben. Dort brauchen sie nichts zu befürchten. Auf diese Weise wird immer wieder eine beruhigende Bahnsteigökologie hergestellt.

Ich benutze diese Linie jeden Tag und muss leider feststellen, dass diese harmonische Beziehung zwischen den Zügen und den Kriminellen nicht immer funktioniert. Manche steigen in den Zug gar nicht ein, und manche steigen aus dem Zug nie aus. Wie kann man sonst die Tatsache erklären, dass ich drei Tage hintereinander zu den verschiedensten Tageszeiten jedes Mal mit denselben vier

Typen zusammen in einem Abteil hin- und zurückfuhr? Das Ganze sah aus wie eine dreitägige Theatervorstellung an der Volksbühne. Du kannst in die Kantine gehen ein Bier trinken, oder gar erst am nächsten Tag zurückkommen – die Schauspieler sind immer noch da. Genauso war es auch im Zug. Den einen, einen ganz harmlosen, kenne ich bereits eine Weile. Das ist der Typ, der immer die Stationen nachplappert und »Zurückbleiben!« ruft. Der Arme hat sich irgendwann eingeredet, er sei ehrenamtlicher BVG-Mitarbeiter und müsste nun den Passagieren helfen, indem er die unverständlichen Ansagen, die vom Band kommen, wiederholt. Manchmal kommentiert er auch auf unkonventionelle Weise den einen oder anderen Namen der jeweiligen U-Bahn-Station.

Mein zweiter ständiger Begleiter ist ein betrunkener Türke in einem schicken Ledermantel, der alle verspotten will. Und dann noch ein kleines Mädchen mit einem riesengroßen Hund, das ständig mit der Leine um sich schlägt und »Sitz!« schreit. Schließlich noch der Obdachlosenzeitungsverkäufer Martin, der besonders viel Wert darauf legt, dass alle seinen Namen wissen. »Ich bin der Martin«, fängt er immer an, wenn ein neuer Fahrgast einsteigt, als ob das an der Sache irgendetwas ändern würde. Manchmal denke ich, das Quartett arbeitet zusammen. Es ist ein klassisches Team. Nur, worauf sie hinauswollen, ist bis jetzt noch unklar. Der Türke verspottet alles und jeden, der Martin sammelt Geld, das Mädchen passt auf, dass sich keiner im Abteil bewegt, und der Verrückte informiert uns über den aktuellen Stand der Reiseroute. Sie sind ganz deutlich ein Team.

Manchmal improvisieren sie auch urplötzlich eine kleine Auseinandersetzung. Neulich nahm beispielsweise der Türke den Martin aufs Korn. Jedes Mal, wenn der Zeitungsverkäufer zu reden anfing, wurde der Mann im Ledermantel laut und machte spöttische Bemerkungen in seine Richtung.

»Halts Maul«, hustete schließlich das kleine Mädchen mit dem Hund den Türken an. »Meinst du, der macht das aus Spaß? Kuck dir den Mann an, er hungert. Und du Arschloch hast kein Gewissen.«

Der Türke stand auf und ging zu Martin rüber. »Wie viel haste von dem Zeug?«, fragte er ihn.

»Fünfundzwanzig Stück«, antwortete Martin.

Der Türke holte 50,– DM aus der Hosentasche und kaufte ihm den ganzen Stapel ab. Danach drehte er sich um und sagte laut: »Guten Tag, ich bin der Mehmet und nun kriegt jeder eine Zeitung umsonst!«

Zum Glück musste ich gerade aussteigen.

Auf der kurzen Welle

Von den Rundfunkempfängern, die in Geschäften heutzutage angeboten werden, hat kaum noch einer den Kurzwellenbereich. Das ist auch verständlich, denn wer braucht so etwas noch? Man würde ja doch nur das Rauschen des Weltalls und irgendeine *Voice of Ireland* auf Chinesisch hören, noch dazu verzerrt und völlig unverständlich. Nur die Außerirdischen und ich hören gerne die Nachrichten im Kurzwellenbereich. Die Außerirdischen, wenn es sie überhaupt gibt, müssen die kurze Welle mögen, weil sie am weitesten ausgestrahlt wird. Auf diese Weise können sie unser Treiben auf der Erde unauffällig verfolgen.

Ich selbst habe die Gewohnheit, kurzen Wellen zu lauschen, von meinem Vater geerbt. Damals in der Sowjetunion waren die ausländischen Radiosender wie *BBC* oder *Voice of America*, die einzigen Informationsquellen, denen man glauben mochte. Sie brachten ihre Nachrichten immer nach Mitternacht und jeden Tag auf einer anderen Frequenz, wurden aber trotzdem ständig von den sowjetischen Radioabwehrdiensten gejagt und mit speziellen Schallgeräten gedämpft. Doch die ersten zehn Minuten schafften sie fast immer. Mein Vater, der gemäß seiner eigenen Tagesordnung schon um acht ins Bett ging, stellte seinen Wecker auf Mitternacht. Wenn es klingelte, stand er auf und schaltete die *Heimat* an, einen alten Plattenspieler, der auch gleichzeitig ein Rundfunkempfänger war und fast so groß wie ich damals. Ich lag auf dem Klappbett im Nebenzimmer und konnte durch die dünne Pappwand die Geräusche des Weltalls mithören. Mein Vater drehte das Rad auf der Skala hin und her, bis irgendwann eine ungewöhnlich ernste Stimme aus dem Lautsprecher kam: »Achtung! Achtung! Sie hören *The Voice of America*, die offizielle Meinung der Regierung der Vereinigten Staaten ...«

Mein Vater drückte sein Ohr an den Lautsprecher und lauschte den Nachrichten aus der freien Welt. Nach ungefähr zehn Minuten war der Spaß zu Ende. Der Sender wurde gefunden und eliminiert. Nur noch das entsetzliche Geheul des Störsenders war zu hören. Mein Vater schaltete die Kiste aus, ging zurück ins Bett und träumte schlecht. Dafür konnte er am nächsten Tag in seinem Betrieb in der Rauchpause auf der Toilette wunderbar mitreden, er wusste nämlich, was in der Welt wirklich los war.

Zwanzig Jahre später übernahm ich den Staffelstab von meinem Vater. Nun sitze ich nachts in der Küche an einem viel kleineren Gerät namens *Yachtboy 217*, dem ultimativen Weltempfänger der Firma Grundig. Meine

Kinder sind längst im Bett, meine Frau sitzt neben mir mit einem Kriminalroman in der Hand, und ich lausche den Nachrichten aus der fernen Welt. Die offizielle Meinung der amerikanischen Regierung interessiert mich nicht so sehr wie früher, sie ist auch langweiliger geworden, seit es die Sowjetunion nicht mehr gibt. Ich höre gerne die *Deutsche Welle* aus Köln in russischer Sprache.

Die Nachrichten werden dort so oft von einer Sprache in die andere übersetzt, bis sie ihren ursprünglichen Sinn verlieren und zu einem regelrechten Rätsel werden. Dann versuchen wir in der Familie diese Rätsel zu knacken.

Wenn man dem Sender Glauben schenken darf, dann ist unsere Welt nicht mehr zu retten. Neulich zum Beispiel behauptete die Deutsche Welle aus Köln in ihrem aktuellen Nachrichtenprogramm, eine Gruppe von Blinden hätte ein Schiff im Indischen Ozean in ihre Gewalt gebracht. Die Blinden hätten sich als ganz normale Passagiere auf dem Schiff einquartiert, dann aber plötzlich den Kapitän und die Matrosen als Geiseln genommen. Noch hätten sie jedoch keine Forderungen gestellt, die Lage sei kompliziert, erzählte der Nachrichtensprecher. Mir standen die Haare zu Berge. Die armen Menschen! Wenn sie wirklich ganz blind waren, würde ihr Schiff nie ein Ufer erreichen.

»Aber irgendwie ist das doch absoluter Schwachsinn!«, meinte meine Frau. »Wozu sollen denn Blinde überhaupt ein Schiff besetzen? Und noch dazu im Indischen Ozean!«

Ich überlegte kurz und knackte das Rätsel. Die Nachricht war falsch ins Russische übersetzt worden. Ursprünglich hatte es bestimmt geheißen: »Blinde Passagiere haben ein Schiff in ihrer Gewalt« – und der Praktikant der *Deutschen Welle*, der für die Übersetzung zuständig war, kannte diesen Begriff nicht. Er dachte wohl, die Passagiere wären wirklich blind! So musste es gewesen sein. Müde, aber zufrieden gingen meine Frau und ich ins Bett. Nirgendwo gibt es solche spannenden Nachrichten wie auf der kurzen Welle aus Köln.

Das Leben als Verlust

Draußen dämmerte es. Die meisten Bewohner des Hauses wissen jedoch, dass sie heute kaum schlafen werden und mit fernsehen wird es auch nichts. Unten in der Galerie ist heute eine große Party angesagt: die Ausstellungseröffnung der Künstlergruppe »Renata« aus Italien. »Das Leben als Verlust«, heißt die Ausstellung. Meine Frau und ich sind zur Vernissage eingeladen und ziehen uns schick an. Das Programm verspricht eine Symbiose aller Künste: Junge Literaten werden ihre Werke vortragen, außerdem sind eine Theaterperformance, ein Film und eine Musikgruppe angekündigt. »Ich mag die Symbiose nicht«, fängt meine Frau im Vorfeld schon an zu meckern. Sie mag die Symbiose nicht! Wer mag so etwas schon! Wir gehen trotzdem hin. Der Weg ist nicht weit, die Galerie befindet sich in der Nähe auf der Schönhauser Allee. Als das Haus vor zwei Jahren renoviert wurde, zog im Erdgeschoss zuerst eine Bäckerei ein, später eine kleine Pizzeria, danach ein Schuhgeschäft mit tollen Angeboten. Danach stand der Laden eine Weile leer, bis die schicke Galerie mit den internationalen Beziehungen sich dort breit machte. Ganz im Sinne der modernen Zeit.

Wir sind zu früh. Das Geschäft ist noch leer, nur die Künstlergruppe »Renata« und ein paar ältere Herren sind schon da. Auch die Bilder hängen schon – große Bilder mit grünen Männern, die Hühnerbeine haben, und Frauen, die auf der Flucht sind. Ferner sieht man umgekippte Möbel und tote Vögel. Das Leben als Verlust eben. Ein alter Herr benutzt seine leere Bierflasche als Monokel. Er hält sie vors Auge und kuckt sich damit die Bilder an. Man erkennt sofort den Profi. Ich nehme mir auch eine leere Bierflasche, stelle mich neben ihn und versuche die Bilder aus seinem Blickwinkel zu betrachten, merke aber keine Veränderungen. Nur die Männer auf dem einen Bild sind noch grüner geworden. Um elf Uhr kommen plötzlich alle: die Künstler, die Autoren, die Filmemacher, die Bildhauer, die Schauspieler – viele mit ihren Kindern, Frauen, Eltern und Hunden. Hände schütteln, Beziehungen knüpfen, tanzen und trinken, das künstlerische Dasein genießen. Die Künstlergruppe »Renata« als Gastgeberin freut sich über jeden Gast und schüttelt alle Hände. In einer Ecke findet eine Lesung mit anschließender Performance statt.

»Jung ist die deutsche Literatur geworden«, sagte ein alter Künstler mit Trinkernase. »Jünger denn je. Und der Knirps mit den Hosenträgern? Wessen Sohn ist das? Ach, auch ein Schriftsteller? Er sieht aber sehr jung aus. Erst zwölf? Und schon zwei Romane geschrieben?«

»Ich war so dumm!«, sagt eine schöne Dame in schwarzem Kleid mit einem Rotweinglas in der Hand und einer Rose im Haar. Sie lehnt an einem Schreibtisch und regt sich auf. »Warum nur habe ich mich jahrelang mit diesem langweiligen Schinken befasst? Das Selbstbewusstsein der Frau! Ohne jeden Sinn für Humor! Wissen Sie, worüber ich meinen letzten Roman geschrieben habe?«, fragt sie eine glatzköpfige Filmemacherin im Männeranzug. »Über Schmerz. Oh, Gott, ein Roman über den Schmerz! Ist es zu fassen?«

»Dafür haben Sie aber eine sehr schöne Frisur. Wo haben Sie sie her?« Die Stimme der Kahlen klingt neidisch.

»Ach, lassen Sie das, ich weiß nun, wie man schreiben muss: leicht, schnell, flüssig, die Wörter müssen nur so rollen. Als Nächstes schreibe ich einen Roman über Skateboarder.«

»Den gibt es schon«, erwidert die Kahle, »ich habe gerade ein Skript über Skatboarder verfilmt, aber sagen Sie doch mal, wer ist Ihr Friseur, ist das alles echt?« Plötzlich fährt sie mit beiden Händen in die Haare der Schmerzensfrau.

Die Autorin mit Rose springt zur Seite. »Lassen Sie meine Haare in Ruhe! Sind hier denn alle verrückt?«, fragt sie und geht zur Toilette, die seit über einer Stunde besetzt ist. Sechs Künstler aus Amerika, alles große Freunde von »Renata«, stehen vor der Klotür Schlange. »Wer ist eigentlich da drin?«, fragte eine alte Bildhauerin einen Musiker, der gerade mit seiner Gitarre unterm Arm vorbeikommt.

»Da drin?« Der Musiker presst sein Ohr an die Tür, hört ein undeutliches Gemurmel und grinst. »Das klingt ganz nach unserem Otto«, sagt er zu der Frau.

»Wer ist euer Otto?«, fragte einer der Amerikaner.

»Was hat dieser Otto so Tolles gemacht, dass er es sich erlauben kann, für mehrere Stunden das Klo zu besetzen?«

»Otto ist kein Künstler, das ist der Pitbull von Herrn Krüger«, erklärt der Musiker freundlich.

»Ich dachte immer, der Hund von Herrn Krüger heißt Uschi«, wundert sich die Bildhauerin.

»Ganz richtig, er hat ihn aber vor einer Woche umbenannt. Aber wie hat der Hund nur die Tür von innen verriegeln können? Vielleicht ist Otto mit jemand anderem da drin. Herr Krüger, sind Sie da?« Der Musiker klopft mehrmals an die Tür. Ein lautes Bellen ist die Antwort.

»Wer zum Teufel ist dieser Krüger?«, regt sich einer der Amerikaner auf.

»Er ist schon längst nach Hause gefahren«, bemerkt ein anderer Musiker, anscheinend ein Freund von Herrn Krüger, der gerade mit einem großen Keyboard unterm Arm vorbeikommt. »Ich habe ihn auf der Treppe kotzen sehen. Wir wollen gleich mit dem Tanzen anfangen. Kommen Sie mit?«

Die Scherben der heruntergefallenen Gläser werden von den Tanzenden schnell zu Glaspulver zermahlen und in das Parkett getrampelt. »Hauptsache, keiner fällt hin«, meint die Künstlergruppe »Renata«. Sofort rutscht ein junger Autor aus, sein weißes Hemd färbt sich mit Blut.

»Tut es weh?«, fragt ihn die Dame, die einen Roman über den Schmerz geschrieben hat. »Es ist gleich vorbei«, beruhigte ihn die kahle Skatboardfilmerin.

»Wo ist eigentlich die Symbiose, ich habe sie noch gar nicht so richtig bemerkt«, fragt mich meine Frau. Gegen drei Uhr nachts kommt plötzlich Otto total frustriert aus der Toilette und beißt einen Jungliteraten in den Arsch. Im Nachhinein muss man aber sagen: Es war ein gelungener Abend.

Der Radiojurist

»So viele Russen wie jetzt gab es in Berlin seit 1945 nicht mehr«, sagte neulich meine Nachbarin Frau Moll, eine vornehme Dame, die so alt ist wie die Schönhauser Allee. Dabei ist Frau Moll keine geborene Berlinerin, genau wie wir. Kurz vor dem Krieg zog sie aus einem mecklenburgischen Dorf hierher. »Die Russen kamen nach Gorbatschow«, meinte sie. Als er 1989 die Schönhauser Allee herunterfuhr, waren die Dächer in der ganzen Nachbarschaft voll von neugierigen Einheimischen, alle wollten dem ersten sowjetischen Generalsekretär mit menschlichem Antlitz zuwinken. Gorbatschow winkte freundlich zurück: »Wer zu spät kommt, den bestraft das Leben.« Die Einheimischen fielen vor lauter Begeisterung beinahe von den Dächern, direkt in die Hände der Staatssicherheit. Sie dachten, dass Gorbi mit diesem Spruch sie gemeint hätte und dass sie sich schnell mit dem Westen vereinigen sollten. Aber das war ein Missverständnis. Eigentlich waren Gorbatschows Worte nicht an die Deutschen, sondern an die Russen gerichtet. Er wollte damit sagen: Seht, ich bin schon aus dem Schneider. Bald werde ich mich zur

Ruhe setzen und in allen Talkshows auftreten, wo man über Politik plaudert. Mich mögen hier alle, weil ich attraktiv und preiswert bin.

»Kommt nach Europa«, lud Gorbatschow seine Landsleute ein, »es ist schön hier!« Die Russen überlegten nicht lange und kamen massenhaft nach Deutschland. Innerhalb der nächsten zehn Jahre entstand in Berlin ein russisches Kommunikationsnetz, damit sich meine Landsleute auch hier wie zu Hause fühlen konnten. Es gibt inzwischen sogar ein eigenes Fernsehprogramm in russischer Sprache, nicht so groß wie das türkische, nur sonntags eine halbe Stunde auf dem Spree-Kanal, aber immerhin ein richtiges Fernsehprogramm. Der Name des Senders, *RKPB*, lässt einen gleich an die Revolution und den Kommunismus denken, dabei heißt es ausgeschrieben nur »Russisches Kulturelles Programm Berlins«.

Die Sendung wird von einem alten Mann gemacht, der seine kleine Einzimmerwohnung in Charlottenburg zu einem Fernsehstudio umgebaut hat. In seiner Wohnung wird das gesamte Programm aufgenommen. Als Moderatoren treten entweder er selbst oder seine Frau auf, manchmal auch sein Hund, wenn Frauchen gerade einkaufen gegangen ist und der Chef hinter der Kamera steht. Und dann gibt es noch eine russische Redaktion beim Sender *SFB 4 Radio Multikulti*, die mit Geld vom Staat unterstützt wird. Sie hat natürlich viel mehr Freiraum. Jeden Tag sendet sie eine halbe Stunde lang und hat eigene Korrespondenten in fast allen Bundesländern. Die

Russen werden hier in fast allen Lebensbereichen von fachkundigem Personal beraten. Von besonderem Interesse sind solche Radioprogramme wie die »Ratschläge eines Doktors« und der »juristische Ratgeber«. Der Mediziner bekämpft ständig die weit verbreitete paranoide Angst der Russen, alle Lebensmittel im Westen seien mit Chemikalien vergiftet. Er erzählt, wie man sich hier trotz der komplizierten Lage gesund ernähren kann. Der Jurist berät die Neuankömmlinge bei ihren Rechtsproblemen. »Ich habe vor kurzem einen jungen Deutschen geheiratet und bin zu ihm gezogen«, erzählt eine Russin aus Celle, »und nun habe ich eine Aufenthaltserlaubnis für drei Jahre von der deutschen Behörde bekommen. Wenn meinem Mann plötzlich etwas zustößt, wenn er beispielsweise bei einem Autounfall ums Leben kommt, wird mir dann meine Aufenthaltsgenehmigung entzogen oder nicht?«

»Sehr geehrte Frau aus Celle«, antwortet der Jurist, »Ihnen wird in dem Fall Ihre Aufenthaltsgenehmigung nicht entzogen, aber es wäre trotzdem besser, wenn Ihr Mann noch ein paar Jahre länger leben würde.«

Berühmte Persönlichkeiten auf der Schönhauser Allee: Bill Clinton

Noch nie war die Schönhauser Allee so grün gewesen: Dutzende von Polizisten auf Motorrädern, in Streifen- und Mannschaftswagen oder einfach zu Fuß, durchkämmten unermüdlich die Gegend. Sie fuhren die Straße rauf und runter, rauf und runter, sie manövrierten und drehten Kreise um uns herum, bis uns richtig schwindlig wurde. Ab und zu kamen kleine Flugzeuge ohne Beschriftung direkt vom Himmel auf uns zu und fotografierten. Mein Freund Juri schrie auf einmal vor lauter Schreck. Der Gullideckel, auf dem er gerade stand, fing plötzlich an sich zu bewegen. Er sprang sofort zur Seite und aus dem Gulli kletterte ein schwarzer Marineoffizier in weißer Uniform. Er roch stark nach Scheiße. In einer Hand hielt er einen riesigen Schraubenzieher in der anderen ein Funkgerät. Er zwinkerte uns mit einem Auge zu, machte den Gullideckel wieder zu und plombierte ihn. Danach murmelte er etwas, das wie »minenfrei« klang, auf Englisch in sein Funkgerät und verschwand. Juri und ich näherten uns vorsichtig dem Gullideckel. Oben drauf hatte er in fetten Buchstaben SFOR gestempelt.

»Was hat der Offizier eigentlich gerade gesagt?«, fragte ich Juri, der des Englischen mächtig ist.

»Der unterirdische Bereich Nummer 54 ist gesichert, hat er gesagt«, meinte Juri.

»Dann sind wir hier ja auch sicher«, sagte ich erleichtert.

»Das würde ich nicht behaupten«, widersprach mir Juri. »Wir befinden uns innerhalb der Sperrzone. Ich verstehe sowieso nicht, warum sie alle Passanten von hier vertrieben haben, und nur uns nicht. Entweder haben sie uns als solche nicht wahrgenommen, oder wir sind für die Polizei unsichtbar geworden.«

»Die zweite Variante könnte unser Leben grundsätzlich verändern«, meinte ich. Trotzdem beschlossen wir, den Kollwitzplatz zu verlassen. Dort landete gerade ein Polizei-Hubschrauber und zielte mit einem Megafon auf das einzige Kind, das wahrscheinlich noch aus Versehen in dem Sandkasten saß. »Sie befinden sich innerhalb der Polizeisperre, identifizieren Sie sich«, ertönte es aus dem Megafon.

»Er meint doch nicht uns«, sagte ich verzweifelt zu Juri, »er meint doch das Kind.«

»Ich bin kein Kind«, sagte der Junge aus dem Sandkasten.

»Nehmen Sie Ihren Finger aus der Nase!« Die Stimme aus dem Lautsprecher klang noch aggressiver als zuvor.

»Scheiße, er meint doch uns!«, begriffen wir, und liefen so schnell wie wir nur konnten weg.

Zur gleichen Zeit joggte Bill Clinton die Kollwitzstraße runter. »Was für eine wunderschöne Gegend«, dachte er. »Keiner kennt mich hier, alle lächeln so freundlich. Vielleicht kann man hier auf die Schnelle was Leckeres essen?« Da sah er eine Kneipe, die »Guglhupf« hieß. »Was für ein schönes Wort«, dachte Clinton. »Da schau ich mal rein!« Gesagt, getan. Er bestellte sich eine Portion leckere Spätzle mit Hasenbraten.

Die Bedienung erkannte ihn sofort: »Guten Tag, Herr Präsident. Es ist schon alles vorbereitet!«

Clinton nickte freundlich und aß einen ganzen Teller auf. In dem Moment kam seine Protokollchefin herein.

»Ach, hier sind Sie, wir haben die ganze Zeit im ›Pasternak‹ auf Sie gewartet!«

»Hier sind die Spätzle aber besonders gut«, verteidigte sich Clinton und ging.

Trainspotting in Berlin

Unser Hauptmeditationsobjekt ist kaputt: kein Zugverkehr mehr vor dem Fenster. Seit einem Monat wird die U-Bahn-Linie 2 repariert. Früher konnte ich mich von meinem Balkon aus fast mit den Zugführern unterhalten. Sie hupten mir jedes Mal freundlich zu, wenn sie an unserem Haus vorbeifuhren, und ich hupte zurück, so gut ich konnte. Alle Zugführer hatten einen Koffer bei sich, den sie zwischen ihren Beinen auf dem Boden der Fahrerkabine abstellten.

»Was ist wohl in dem Koffer drin?«, fragten meine Frau und ich uns jedes Mal. »Schmalzstullen, von den Ehefrauen der Zugführer zubereitet«, meinte Olga. Ich war dagegen der Meinung, dass sich in dem Koffer Ersatzschuhe und der gerade aktuelle Fahrplan befanden. Letzteres, damit die Zugführer immer nachschauen konnten, ob sie noch auf dem richtigen Gleis waren. Vielleicht lagen wir aber beide mit unseren Vermutungen falsch. Gerade als wir nachfragen wollten, wurde die Linie U2 plötzlich eingestellt. Nun läuft eine ganz andere Show vor unserem Balkon: Eine Bauarbeiterbrigade geht pünktlich alle zwanzig Minuten die Gleise entlang an unserem Haus vorbei. Die vier Männer bewegen sich im gleichen Rhythmus in Richtung Ruhleben: Ein großer Dünner schiebt eine Draisine vor sich her, ein Dicker trägt einen riesigen Hammer auf den Schultern, ein Kleiner mit Mütze hat ein Brecheisen in der Hand und ein Blonder mit einer Büchse Bier beschließt den Zug. Exakt zwanzig Minuten später kann man das Quartett wieder von unserem Balkon aus betrachten. Diesmal geht es in Richtung Vinetastraße: Vorne ist nun der Blonde mit dem Bier, dann kommt der Kerl mit dem Brecheisen und der Alte mit dem Hammer und schließlich der große Dünne, der seine Draisine hinter sich herzieht.

»Die haben sich bestimmt verlaufen«, mutmaßten wir anfänglich, doch nach drei Tagen nicht mehr. Der Bauarbeiterzug wurde zu einer neuen Sehenswürdigkeit unseres Hauses. Früher hatten wir jedes Mal, wenn Besuch kam, den Gästen stolz die vor unserer Nase fahrende U-Bahn gezeigt. Sie waren immer begeistert gewesen. Jetzt zeigen wir ihnen die Bauarbeiterbrigade. »Gleich kommen sie wieder, in zwölf Minuten!«, erklärt meine Frau aufgeregt den Verlauf der Attraktion. Wir überlegten schon, ob wir nicht Futter auslegen sollten, aber dann kam der Tag, als die Brigade nicht mehr auftauchte. Irgendwo auf der Strecke nach Ruhleben war sie für immer stecken geblieben. Wir vermissen sie sehr. Nun bewegt sich gar nichts mehr auf den Gleisen vor unserem Haus, außer ein paar dicken BVG-Tauben.

»Eigentlich solltet ihr euch freuen, ein paar Monate ohne Krach zu leben. Genießt die Ruhe!«, riet meine Mutter. Sie weiß nicht, dass die U-Bahn das leiseste Transportmittel ist und viel weniger Krach macht als beispielsweise die Straßenbahn oder der Autoverkehr. Ganz zu schweigen von unserem Nachbarn, der Musiker ist. Er bereitet sich nämlich auf eine große musikalische Karriere vor und übt jeden Tag zusammen mit seiner Familie. So fleißig wie sie sind, werden ihnen bestimmt bald die ersten drei Plätze auf der Hitparade gehören. Außerdem besteht die Familie aus echten Multitalenten, sie können alle mehrere Instrumente spielen. Seit über einem Jahr hören wir nun schon ihre Musik und konnten dabei verfolgen, wie sich die musikalischen Interessen wandelten – vom Schlagzeug zur Gitarre, von der Klarinette zum Saxofon und so fort. Sie experimentieren wahrscheinlich auch mit den verschiedenen Musikstilen, aber bei uns unten landen diese Klänge leider immer in ein und derselben Form: Es ist eine Art gepupster Punkrock.

Oft kommen Kollegen zu unserer Schönhauser Kelly-Familie, und man tauscht Musikerfahrungen aus. Dann gibt es eine Jam-Session. Gestern hing ein Zettel im Hausflur:

Hallo Nachbarn! Heute haben meine Frau und mein Sohn Geburtstag. Ein paar Jungs kommen, um ihnen zu gratulieren. Also, wenn es `etwas lauter wird als sonst, nicht gleich die Polizei rufen, einfach bei uns Bescheid sagen. Ihr Luchiano.`

Die Bedenken von Luchiano waren nicht ohne Grund. Beim letzten »Geburtstag«, der ein paar Tage zuvor stattgefunden hatte, hatten ein paar Polizisten seine Wohnung besucht, nachdem sie von einem Mieter gerufen worden waren. Die Szene hatten wir zwar nicht selbst beobachten können, aber allein vom Hören war sie schon beeindruckend gewesen: »Hier spricht die Polizei, machen Sie die Tür auf« – zuerst dachte ich, die Nachbarn hätten mit der Musik Schluss gemacht und kucken sich stattdessen einen »Tatort« an. Gleich danach kam es aber zu einer regelrechten Musikeraustreibung. Die Polizisten trampelten in einer Kolonne durch das ganze Haus, dreimal hoch und runter. Dieses Geräusch kann kein Fernseher der Welt nachmachen. Um fünf Uhr morgens herrschte in unserem kleinen Mietshaus jedoch wie immer absolute Stille.

Die Vertreibung aus dem Paradies

Mein Freund Juri und ich saßen an einer Bar in den »Schönhauser Arcaden« und beobachteten, wie die Leute um uns herum *Warsteiner* in sich rein kippten; eins nach dem anderen. Es war nicht viel los, obwohl der Sommerschlussverkauf die »Arcaden« verschönt hatte.

»Der kleine Jonas möchte aus dem ›Kinderparadies‹ abgeholt werden«, flötete eine weibliche Stimme aus der Lautsprecheranlage. Wir schwiegen. Nach zwanzig Minuten kam die Ansage noch einmal: »Der kleine Jonas möchte immer noch aus dem ›Kinderparadies‹ abgeholt werden.« Wir hatten diese Ansage in den letzten Tagen oft gehört und wunderten uns nicht mehr. Der springende Punkt dabei war, dass es in den »Schönhauser Arkaden« gar keinen Laden gab, der »Kinderparadies« oder so ähnlich hieß. Das Kind musste sich in den unsichtbaren Räumen der vierten Dimension befinden.

»Wir stecken alle irgendwo fest und wollen abgeholt werden«, philosophierte inzwischen mein Freund Juri. »Ich möchte beispielsweise aus meinem Wohnproblem zu Hause raus.«

Schon früher hatte mir Juri von seinen Untermietern erzählt, den neun Mongolen, die seit ein paar Monaten in seinem Schlafzimmer lebten, kochten und sangen. Ein ausgeprägter Sinn für soziale Gerechtigkeit und ein gewisser finanzieller Engpass, seit seine Freundin ausgezogen war, erlaubten es Juri nicht, allein in einer schönen Zweizimmerwohnung das Leben zu genießen. Der Gedanke, dass so viele obdachlose Menschen draußen im Regen standen, während er mehrere Räume gleichzeitig bewohnte, quälte ihn. So war mein Freund auf die Idee gekommen, sein Schlafzimmer unterzuvermieten und er hatte eine Annonce in die »Zweite Hand« gesetzt:

»Suche schöne junge Untermieterin für mein Schlafzimmer, Ausländerinnen sind herzlich willkommen.«

Es meldete sich eine Frau aus der Mongolei. Sie war nach Berlin gekommen, um hier Theaterwissenschaft zu studieren und suchte ein billiges Zimmer. Juri war glücklich und sagte sorglos zu. Das Mädchen gestand ihm, verheiratet zu sein, ihr Mann wolle demnächst auch Theaterwissenschaft in Berlin studieren. Juri war zwar enttäuscht, konnte aber nichts dagegen einwenden. Jede Frau hat das Recht, verheiratet zu sein. Das Mädchen abzulehnen, einzig und allein, weil sie einen Mann hatte, wäre ihm peinlich gewesen. Das Schlafzimmer war klein, zwölf Quadratmeter, aber sie würden schon irgendwie damit klarkommen, dachte Juri. Hauptsache, die Hausverwaltung bekam nichts mit, Juri hatte nämlich nur die Erlaubnis für einen Untermieter.

Am nächsten Tag zog das Mädchen ein, zusammen mit ihrem Mann und einem siebenjährigen Kind. Eine Woche später kam ihre Halbschwetser mit einem Sohn zu Besuch und dann auch noch der Onkel des Mannes. Alle blieben bis auf weiteres in Juris Schlafzimmer. Nach vier Wochen wohnten bereits neun Personen fest und drei bis vier mit Unterbrechungen in seiner Wohnung. Anfänglich versuchte Juri noch mit der Theaterwissenschaftlerin die Verwandtschaftsgrade der Gäste zu klären: Wer wessen Sohn war und welcher Mann zu welcher Frau gehörte. Aber irgendwann gab er es auf.

Die Mongolen besaßen eine Unmenge von Luftmatratzen und hatten eine Elektroplatte zum Kochen im Zimmer installiert. Sie waren sehr freundlich und luden Juri regelmäßig zum Essen ein. Außerdem verschwanden sie oft zur Arbeit, doch was sie eigentlich machten, blieb Juri ein Rätsel.

Im Laufe der Zeit wurde er voll in ihre Gruppe integriert und lernte sogar einige mongolische Lieder. Aber dann vertrug sich seine Freundin wieder mit ihm und war sogar bereit, zu ihm zurückzukehren, hatte jedoch bis dahin noch nichts von seiner Untermietergeschichte mitbekommen.

»Ich kann doch die neun Mongolen jetzt nicht einfach so rausschmeißen, sie sind meine Familie geworden«, erklärte mir Juri traurig.

Zusammen arbeiten wir an der Bar in den »Arcaden« einen klugen Plan aus: Juri sollte auch noch sein zweites

Zimmer untervermieten und mit dem Geld eine neue, noch schönere Wohnung für sich und seine Freundin mieten. Dann könnte er die Mongolen ab und zu besuchen, mit ihnen zusammen singen und gleich kontrollieren, ob noch alles in Ordnung war.

Bücher aus dem Container

An der Schönhauser Allee hat die »Wohltatsche Buchhandlung« einen guten Verkaufsplatz für sich erobert: zwischen dem Überraschungsbasar »Alles billig« und der »Knüllerkiste – Die ganze Welt für 99 Pfennig«. Die »Wohltatsche Buchhandlung« verscheuert nämlich mehrmals abgewertete Literatur. Die großen, mit Büchern gefüllten Container stehen auf der Straße und ziehen die allgemeine Aufmerksamkeit auf sich. Oft bleibe auch ich an den Containern stehen. Mir scheint, dass die stark reduzierten Bücher die Geschichte der modernen Zeit erzählen und den Interessenswandel der Gesellschaft widerspiegeln. Allein das große rote Gorbi-Buch, das früher stolze 100,– DM gekostet hatte, dann innerhalb von fünf Jahren fünfmal heruntergesetzt wurde und nun für einen Fünfer zu haben war, zeugt vom Ende einer Ära, als die Politik noch ein Hoffnungsträger für das Volk war. Nun liegt Gorbi in einem Container mit Büchern zusammen, die alle von vergangenen, nicht mehr vorhandenen gesellschaftlichen Lüsten erzählen: *Die Lust zum Braten*, ein Kochbuch mit einem fettigen Krustenbraten auf dem

Cover, *Buddhismus: eine Religion der Zukunft*, dann noch ein Sachbuch: *Die Beschneidung der weiblichen Sexualität* – 600 Seiten mit Skizzen und Zeichnungen. Mit diesem Container lässt sich die Welt besser verstehen. »Die Menschen haben keine Lust mehr am Backen«, notiere ich mir und gehe friedlich gestimmt weiter. Wieder eine neue Erkenntnis gewonnen.

Jedes Buch bewegt sich in dieser Buchhandlung von rechts nach links. Rechts liegen die reduzierten Titel, die aber immer noch gutes Geld kosten, links steht der Container der Schande, in dem die Bücher für 2,95 DM liegen, zum Preis von unbedrucktem Toilettenpapier.

Neulich entdeckte ich darin fünf neue Titel, alles über 400 Seiten dicke Schwarten: Bill Gates, *Der Weg nach vorn*, früher 49,90 DM jetzt für zwei Mark zu haben. *Positives Denken: So werden Sie glücklich und erfolgreich*, dann *Die Akte Graf: Reiche Steffi – armes Kind* sowie *Die Nazis: eine Warnung der Geschichte*. Dazu noch oben drauf *Serienmörder des 20. Jahrhunderts* mit einem Vorwort von Professor Dr. Schurich.

»Serienmörder werden von Freunden und Bekannten oft als ganz normale, unauffällige Menschen beschrieben, es könnte immer einer von uns sein«, schreibt der Professor in seinem Vorwort. Es kann durchaus einer von euch sein, dachte ich sofort, ich hatte Wissenschaftlern schon immer misstraut.

Auf einmal schien es mir, als wären in diesem Container Antworten auf alle Fragen zu finden, wenn man nur dahinter käme, was Steffi Graf, Bill Gates, die Serienmörder und die Nazis gemeinsam hatten. Ich überlegte den ganzen Tag, mir fiel aber nichts dazu ein. Eigentlich hatten sie gar nichts Gemeinsames, außer dass sich heutzutage anscheinend keine Sau mehr für sie interessierte. Ich ließ aber nicht locker und suchte weiter nach dem geheimen Sinn.

In der darauffolgenden Nacht hatte ich einen Albtraum:

Steffi Graf, Bill Gates, zwei nette SS-Offiziere und ein unauffälliger junger Mann, der wahrscheinlich ein Serienmörder war, saßen zusammen auf einer Bank. Steffi hatte einen Tennisschläger in der Hand und winkte ständig damit herum. Das machte alle nervös.

»Spielen wir eine Runde«, schlug sie den SS-Offizieren vor. Die beiden wollten sich anscheinend nicht blamieren: »Ein anderes Mal vielleicht, heute keine Lust«, entschuldigen sie sich. Bill Gates tippte irgendetwas auf seinem Laptop, der Serienmörder schaute ihm über die Schultern, und seine Lippen bewegten sich lautlos.

»Sagt mal Leute«, rief ich aus, »habt ihr nicht etwas Gemeinsames?« Sie schwiegen.

Am nächsten Tag wandte ich mich mit der Frage an meine Frau, die schneller als ein Computer denkt, über alles Bescheid weiß, und sogar unter gewissen Umständen infrarot sehen kann. Sie machte gerade den Abwasch. Unauffällig wie ein Serienmörder schlich ich in die Küche: »Sag mal Liebes, was könnten deiner Meinung nach

Bill Gates, Steffi Graf, Serienmörder und Nazis gemeinsam haben?«, fragte ich vorsichig.

»Zielstrebigkeit und die Vorliebe für Perfektion«, antwortete sie wie aus der Pistole geschossen. »Sie haben sich von vorneherein unerreichbare Ziele gesetzt, die Illusion eines ewigen Sieges, die immer zum persönlichen Scheitern führt. Der Sieg ist nämlich die Weisheit der Schufte«, sagte sie und warf die Essensreste in den Müllsack.

Hexen auf der Schönhauser Allee

Mein Freund Juri kam eines Abends zu mir und strahlte vor Freude. »Ich habe eine so schöne Frau kennen gelernt, die schönste überhaupt«, erzählte er. »Sie heißt Veronika, sieht aus wie eine ägyptische Königin, trägt ausgefallene Klamotten und hat schwarze, glatte Haare. Wir haben uns verabredet und gehen morgen Abend zusammen auf den Friedhof.«

»Wo hast du diese Veronika kennen gelernt?«, fragte ich Juri.

»Vor den ›Schönhauser Arcaden‹. Sie kam zu mir, und fragte, ob ich Feuer hätte und eine Zigarette.« Während er mir das erzählte, tanzte Juri in meiner Wohnung herum.

»Du bist völlig durchgedreht mein Freund«, warnte ich ihn. »Diese Veronika ist doch die Hexe von der Schönhauser Allee. Du hast sie jetzt schon zum vierten Mal kennen gelernt und kannst dich daran überhaupt nicht erinnern. Unser ehemaliger Freund Maxim hatte sie schon vor zwei Jahren an derselben Stelle wie du entdeckt und musste teuer dafür zahlen.«

Juri erblasste. »Das stimmt tatsächlich! Jetzt wo du es sagst. Aber warum ist es mir früher nicht aufgefallen?«

»Weil sie dich wieder mal verzaubert hat«, erklärte ich und versaute ihm dadurch gänzlich die Laune. Um ihn aufzumuntern, holte ich eine Flasche Wodka aus dem Kühlschrank. Die Erinnerung an Maxim und seine Freundin, die Hexe Veronika, sorgte bei uns stets für Gänsehaut. Eigentlich war sie sehr nett. Einmal waren wir zusammen an einer Kirche vorbeigegangen. »Lass uns reinschauen«, hatte Maxim vorgeschlagen.

»Ohne mich«, sagte Veronika sofort. »Ich fühle mich in Kirchen unwohl.«

»Aber wieso denn?«, wunderten wir uns.

»Ach, ich weiß nicht, aber jedes Mal, wenn ich in eine Kirche gehe, bekomme ich entsetzliche Kopfschmerzen, einen Schluckauf, und es juckt dann bei mir an allen möglichen Stellen. Manchmal kommt auch Rauch aus mir heraus«, erzählte sie uns.

»Dann gehen wir lieber nicht in die Kirche«, hatte Maxim damals gesagt. Er war in Veronika verliebt und wollte nicht, dass ihr etwas zustieß.

Ein anderes Mal hatten wir Maxim zu Hause besucht. Er kochte in der Küche, Veronika saß mitten im Wohnzimmer auf einem großen roten Besen und las ein Buch.

»Wolltest du gerade fegen?«, fragten wir sie naiv.

»Eigentlich nicht«, antwortete sie verlegen. »Ich sitze einfach gern auf einem Besen. Das bringt mich auf gute Gedanken.«

Sie schien manchmal merkwürdig, doch damals wusste noch keiner von uns, wer Veronika wirklich war. Wir dachten, dass sie uns nur etwas vormachen und ihren ausgefallenen Geschmack zeigen wollte. »Lasst uns auf dem Friedhof spazieren gehen, Jungs. Es ist so toll traurig und ruhig dort, man kann beinahe die Stimmen der Verstorbenen hören«, schlug sie immer wieder vor.

Den endgültigen Beweis, dass Veronika eine Hexe war, brachte uns schließlich Bulle, der Kater von Maxim. Diesen Kater hatte Maxim vor einigen Jahren im Hof seines Hauses an einem Kastanienbaum hängend gefunden. Er holte das Tier herunter, gab ihm den Spitznamen Bulle, und päppelte ihn liebevoll hoch. Der Bulle übernahm schnell alle Eigenschaften seines neuen Besitzers: Er war frech, faul, fraß alles, was er kriegen konnte, und blieb trotzdem mager wie ein Handfeger. Bulle war schwarz mit weißen Flecken an den Beinen, am Bauch und am Schwanz.

Eines Tages im Winter, gleich nachdem Veronika zu Maxim gezogen war, verschwanden die weißen Flecken quasi über Nacht. Mit Erstaunen drehten wir den Kater einmal so herum und einmal anders herum – die weißen Flecken waren einfach weg. Der Kater war schwarz wie ein Brikett.

»Wie konnte das nur passieren?«, fragten wir Veronika, die wie immer auf einem Besen in der Ecke saß, ein Buch las und dabei Fernsehen kuckte.

»Keine Ahnung«, sagte sie, »vielleicht ist der Kater auf

dem Heizungsrohr eingeschlafen und hat sich verkohlt.« Sie wunderte sich keine Sekunde darüber und las ihr Buch weiter.

In diesem Augenblick wurde uns klar, dass Veronika eine Hexe war. Unser Freund Maxim veränderte sich auch. Er wurde verschlossener und nachdenklicher, kaufte für sich und seine Freundin immer wieder neue Besen und rauchte manchmal an den unpassendsten Orten. Einmal wollte er mit uns zusammen ein italienisches Restaurant namens »San Marco II« nur deswegen nicht betreten, weil dort irgendwelche Reproduktionen von Heiligen an den Wänden hingen. Später entfremdete er sich gänzlich unserer Gesellschaft und verschwand. Veronika treffe ich aber immer mal wieder in der Nähe der »Schönhauser Arcaden«. Entweder ist sie auf dem Weg zu einem Handwerkergeschäft oder gerade dabei, jemanden aufzureißen – sei es den sportlichen Verkäufer im »T-Punkt« oder den aufgeregten Tierschützer vor seinem Protestplakat –, um sie anschließend zu verhexen.

Das Internet
auf der Schönhauser Allee

Das XXI. Jahrhundert macht sich auf unserer Straße bemerkbar. Noch vor ein paar Jahren gab es in dieser Gegend recht wenig davon zu sehen. Zu den Hauptsehenswürdigkeiten des Bezirks zählten zweieinhalb besetzte Häuser, ein Filmtheater und ein Planetarium. Die Bewohner flanierten zwischen dem »Penny«- und dem Flohmarkt, wo sie ihren Kaufrausch befriedigten. Ein Copyshop galt schon als eine überaus fortschrittliche Einrichtung. Doch die Zeiten haben sich geändert. Jetzt ist unsere Gegend mit Gourmetrestaurants und Fitnesscentern geradezu gespickt, die Allgemeinmediziner schulen zu Psychoanalytikern um, aus dem Filmtheater wurde ein Multiplex, in dem man sich zehn Filme gleichzeitig ansehen kann, und viele Imbissbuden werden zu Internetcafés umgebaut.

Auch unser Freund Mehmet will seinen Imbiss ans Netz bringen, also überall Monitore aufstellen und dazu Baguettes verkaufen. »Das Internet ist unsere Zukunft«, sagt er. Mein Freund, der Bildhauer Iwanow, und ich bedauern seine Entscheidung. Für uns war sein Laden eine

Insel ursprünglicher Harmonie jenseits der Zivilisation. Wir verbrachten hier oft unsere Nachmittage, um uns von zu Hause zu erholen. Hier gab es nicht einmal einen Fernseher, es roch angenehm nach Fett, und ewig drehten sich die Broiler im Schaufenster. Und nun das. Mehmet hatte sogar schon eine Ausstattungsfirma beauftragt, seinen Laden zukunftsfähig zu machen. Dann wandte er sich neulich an den Bildhauer Iwanow, ob der ihm nicht ein riesengroßes Internet an die Wand malen könne.

Iwanow hat schon mehrere Kneipen im Bezirk künstlerisch ausgestaltet. Der Mann hat eine Gabe, die man bei den heutigen bildenden Künstlern nur noch selten findet: Er kann alles malen. Seine Fische für die vietnamesische Sushi-Bar und die Kakteen für ein mexikanisches Restaurant haben ihm viel Ruhm im Bezirk eingebracht. Außerdem ist er preiswert und kreativ und geht auf die Wünsche der Auftraggeber ein. So wollten die Vietnamesen beispielsweise, dass alle Fische Sushi im Maul halten, und er hat ihnen diesen Wunsch sofort erfüllt, obwohl die Tiere danach aussahen, als hätten sie sich verschluckt und würden gleich kotzen. Die Kakteen für das mexikanische Restaurant hatten kleine Pfötchen, in denen sie verschiedene Mixgetränke hielten. Von Kneipe zu Kneipe kann man hier inzwischen die künstlerische Laufbahn von Iwanow studieren. Er wird immer besser und hat keine Scheu vor Experimenten.

Als Mehmet ihn bat, ein Internet an die Wand zu malen, zögerte Iwanow keine Sekunde: »Nichts leichter als das«, sagte er. »Ich male dir ein solches Internet an die Wand, dass die Konkurrenz vor Neid erblasst und schließen muss, um sich nicht zu blamieren.«

»Ich möchte aber, dass dort auch Baguettes als Motiv vorkommen«, sagte Mehmet.

»Mein lieber Freund«, brüllte Iwanow weiter, »ich male dir ein Internet mit Baguettes, mit Kaffee und Döner, ich male dir alles, was dich glücklich macht!«

Ich wunderte mich. Iwanow war an dem Abend ein wenig betrunken, aber doch nicht betrunken genug, um ein Internet mit Baguettemotiven malen zu wollen. Das Internet ist kein Fisch und kein Kaktus, es ist eine Kopfgeburt, eine nicht fassbare Größe, deren optische Darstellung viel Mut und Phantasie erfordert. Dazu noch mit Baguettemotiven... Zum ersten Mal zweifelte ich an den Fähigkeiten meines Freundes. Aber er sagte zu Mehmet: »Gib mir die Schlüssel von deinem Laden, am Montag hast du ein Internet an der Wand. Riesengroß.« Iwanow zeigte mit den Händen, wie groß das Internet werden würde.

»Und Baguettes mit Salami und Schinken«, erinnerte ihn Mehmet noch einmal, und händigte die Schlüssel aus.

Am folgenden Sonntag nahm Iwanow zwei Eimer Farbe und ging in den Laden. Ich beschloss, ihn zu begleiten, um dem Künstler bei der Arbeit zuzuschauen. Im Laden angekommen, packte Iwanow sein Werkzeug aus. Danach rauchte er eine große Tüte, und pinselte in drei Stunden ein riesengroßes Internet an die Wand. Er ließ es trocknen, nahm dann einen anderen Pinsel und brachte damit die Baguettes ins Bild. Es war erstaunlich. Die Baguettes saßen wie angegossen und passten auch farblich so perfekt zum Internet, als würden sie dazugehören. Anschließend wischte der Bildhauer die kleinen Farbpfützen auf dem Fußboden auf, die aus dem Internet getropft waren.

»Fertig!«, sagte er, und lächelte milde.

Ich war von seiner Leistung beeindruckt. »Genauso habe ich mir das Internet immer vorgestellt«, sagte ich und gratulierte dem Künstler zu seinem neuen Werk. Dann gingen wir zum Mexikaner, um uns zu erfrischen.

Am Montag kam Mehmet in seinen Laden und wurde von uns schon erwartet. Als er das Internet an der Wand sah, bekam er einen Schock. Ich hatte zuvor noch nie gesehen, dass die Kunst eine solche Wirkung auf Menschen ausüben konnte. Seine Augen wurden ganz rund, Schweißperlen bedeckten seine Stirn, der Mund öffnete sich. Eine Ewigkeit verging, bis Mehmet wieder sprechen konnte.

»Was ist das?«, fragte er mit gepresster Stimme.

»Das ist ein Internet mit Baguettemotiven, wie gewünscht«, antwortete Ivanow bescheiden, und klopfte Mehmet auf die Schulter. Der schaute das Internet misstrauisch an, als hätte er wirklich keine Ahnung davon.

»Bist du überhaupt drin?«, fragten wir ihn. »Hast du zu Hause einen Anschluss?«

Mehmet schüttelte den Kopf. Uns wurde klar, dass das

hier praktisch seine erste Begegnung mit dem Internet war. Zur Beruhigung rauchte Mehmet erst einmal eine Tüte, und schon bald hatte er sich von seinem Schock erholt und konnte sogar das Internet an der Wand anschauen, ohne gleich wieder zappelig zu werden.

»So sieht sie also aus, unsere Zukunft?«, fragte er vorsichtig, und nahm noch einen tiefen Zug aus dem Joint.

»Genau so«, bestätigten wir ihm.

Mädchen aufreißen in Schwäbisch Hall

Mein Freund und Nachbar Jakob, der in Berlin seit Jahren erfolglos versucht, schauspielerische Karriere zu machen, hatte endlich Glück. Er durfte im »Glöckner von Rotterdam« einen der Soldaten in einer Massenszene spielen, und das im Sommertheater Schwäbisch Hall! Für drei Monate Arbeit gab es 18 000,– DM netto auf die Hand. Begeistert verabschiedete er sich von Prenzlauer Berg, packte seine Sachen und fuhr los.

Doch das Geld war nicht so leicht zu verdienen, wie es zunächst den Anschein gehabt hatte. Dort, auf der großen Bühne des Sommertheaters, hatte Jakob jeden Abend mit einer Herde lebendiger Schafe zu kämpfen – eine Regieerfindung. Die Schafe hatten starkes Lampenfieber und schissen meinen Freund von oben bis unten voll. Immer wieder musste er sein Kostüm waschen, doch der Geruch ging nicht mehr heraus. Spätabends, wenn die Vorstellung vorbei war, zog Jakob die stinkenden Klamotten aus, und ging in den Straßen von Schwäbisch Hall spazieren. Seine zweitgrößte Leidenschaft neben der Schauspielerei ist es nämlich, Mädchen aufzureißen. Die jungen Frauen in der

Stadt sahen modern aus, sie trugen Biotattoos und Halogenkleider, sie schwärmten herum und lächelten Jakob zu.

Nach geraumer Zeit gelang es ihm, ein Mädchen kennen zu lernen. Sie gingen zusammen essen. Er machte Witze über die kleinstädtischen Sitten, sie lachte gern mit. Nach dem Kaffee, als Jakob sie fragte, ob sie nicht Lust hätte, seine kleine, aber gemütliche Bude zu besichtigen, wurde sie ernst und fragte ihn, ob er schon einen Bausparvertrag hätte. Jakob hatte ihn nicht. Weniger später stellte er fest, dass alle Bewohner der Stadt mehr oder weniger bausparbeschädigt sind.

Nachdem meinem Freund klar wurde, was für eine große Rolle der Bausparvertrag im Privatleben der Schwäbisch Haller spielte, und dass er ohne ihn gar keine Chancen bei Mädels hatte, suchte er verzweifelt nach einem Bordell. In Deutschland gibt es folgende Regelung: Ab 35 000 Einwohnern darf jede Stadt offiziell ein Bordell besitzen. Das einzige Bordell in Schwäbisch Hall gab es zwar trotz unzureichender Einwohnerzahl schon lange, nur gut versteckt war es, wie in kleinen Städten üblich. Als dieses Jahr die Zahl der Einwohner endlich um stolze 0,013 Prozent wuchs und 35 008 erreichte, nutzten die Bordellbesitzer die neue Lage und hängten eine rote Laterne draußen auf. Sofort fand sich eine Bürgerinitiative für eine »bordellfreie Stadt« zusammen. »Unsere Kinder fühlen sich auf der Straße nicht mehr sicher«, beschwerte sich ihr Sprecher. Kurz darauf wurde die Laterne wieder abgehängt.

Jakob, der ein Halbperser ist, merkte, dass es in Schwäbisch Hall gar keine Ausländerfeindlichkeit gibt. Die Bewohner erklärten mit Stolz den Grund dafür: In Schwäbisch Hall haben sie so gut wie gar keine Ausländer. Das Bordell ist der einzige Ort, wo man Bürger ausländischer Herkunft treffen kann. Nicht dass sie dort nach dem Vergnügen suchen – sie arbeiten hart.

Als Jakob wieder auf der Schönhauser Allee aufkreuzte, war das schöne Geld auch fast alle. Doch seine Glückssträhne verließ ihn nicht. Er ist nun jeden Abend auf *Sat1* zu sehen, wo er in einem Werbespot für *Radeberger Pilsener* gewinnend den Frauen zulächelt.

Kleine kostenlose Freunde

Vierzig Minuten lang beobachtete ich einen Pinguin im Fernsehen. Er war richtig klasse, kein bisschen kamerascheu, und benahm sich auch sonst viel aufrichtiger und offener als professionelle Schauspieler, die üblicherweise für die Unterhaltung im Fernsehen zuständig sind. Diese Leute kriegen tierisch Kohle, erzählt man. Der Pinguin dagegen macht es umsonst. Mein Freund, der Intellektuelle, sagt, er kuckt nur noch Tierfilme, weil ihm die Menschen auf dem Bildschirm immer zu verlogen daherkommen, und mein anderer Freund, der Student, beschwert sich, dass man heutzutage wirklich guten bösartigen Sex nur noch in Tierfilmen finden kann. Meine Frau kuckt gerne Tierfilme, weil sie die Tiere einfach süß findet. Und meine Tochter kuckt, weil sie dort alle ihre Lieblingsmärchenfiguren sozusagen live sehen kann.

Ich empfinde dagegen den Sieg des Tierfilms in der Unterhaltungsbranche eher als allgemeines Versagen der menschlichen Zivilisation, die mit ihren Talkshows und »Spiegel spezial«-Ausgaben gegen die einfachen Schönheiten der Natur nichts qualitativ Vergleichbares anzubieten hat. Hunderte amerikanischer, australischer und europäischer Filmemacher stopfen sich ihre Rucksäcke mit teuren optischen Geräten voll, und fahren in den Wald oder in die Wüste, klettern auf Berge oder tauchen ins Meer. Sie sitzen monatelang auf einer Palme, verstecken sich im Busch, und drehen, drehen, drehen. Dann erscheint der Pinguin auf dem Bildschirm in meinem Wohnzimmer, und demonstriert überzeugender als Jack Nicholson und Robert DeNiro zusammen, was Sache ist.

Die Tierfilme sind nicht nur anschaulicher als die Menschenfilme, sie sind auch informativer. Ein Pinguinfilm erzählt mehr als zehn Abendschauen, und seit ich mit meiner Familie immer Tierfilme im Fernsehen kucke, weiß ich mehr über unsere Welt als je zuvor. Ich weiß, wie viele Liebespartner pro Woche das durchschnittliche Schnabeltier braucht, und wo es dann seine Eier hinlegt. Ich weiß, dass die weiblichen Giraffen einen längeren Hals haben als die männlichen und dass eine Zikade bloß zwanzig Minuten lebt, dafür aber ihre Eier 6 000 Jahre reifen. Ich weiß, welche Kakteen welcher Specht zum Nestbau bevorzugt und warum. Ich weiß, wer den kleinsten Magen der Welt hat und wer den größten Schwanz. Die Vorstellung jedoch, dass die tierischen Darsteller für ihre Leistungen keinen Pfennig bekommen, betrübt mich. Der Mensch im Tierfilm ist derjenige, der abkassiert.

Neulich träumte ich, dass wir ein Schreiben von einer Babelsberger Filmproduktionsgesellschaft namens Schmücker bekommen hätten, mit einem merkwürdigen Angebot: Falls wir bereit wären, unser Chinchilla in einem Pornofilm die weibliche Hauptrolle spielen zu lassen, würden wir als Honorar eine zweiwöchige Reise für zwei Personen zu einem exotischen Reiseziel unserer Wahl umsonst kriegen – mit Hotel und allem Drum und Dran. Ich hielt das Schreiben für einen blöden Witz, doch meine Frau überredete mich schließlich, bei der Produktionsfirma wenigstens anzurufen und zu fragen, was denn genau unser Chinchilla in dem Film machen solle. »Ja«, sagte die freundliche Filmproduktionsleiterin, »das kann ich Ihnen sagen: Laut Drehbuch muss sie sich von fünf Zwergkaninchen in verschiedenen Farben von hinten vögeln lassen. Ich sagte ihr gleich: »Nein, das machen wir auf keinen Fall mit«, und legte den Hörer auf. Dann war der Traum zu Ende.

Aber seitdem habe ich das Gefühl, dass unser Chinchilla »Dusja« mich ständig vorwurfsvoll ankuckt, weil ich ihr ihre Filmkarriere versaut habe.

Meine Tante auf der Schönhauser Allee

Meine Tante hat eine besondere Gabe. Wo immer sie sich aufhält, schafft sie unglaubliche Situationen und gerät blitzschnell in Konflikte mit allen möglichen Leuten. Dabei kann sie so gut wie überhaupt kein Wort Deutsch. Vor einem Jahr, nach ihrem fünfundfünfzigsten Geburtstag, zog sie von Düsseldorf nach Berlin, in eine Wohnung in der Schönhauser Allee. Die unmittelbare Nachbarschaft mit meiner Tante machte mir mein ohnehin nicht leichtes Leben sofort noch schwerer.

Neulich bestellte sie zum Beispiel einen Kardiologen zu sich nach Hause. Sie hat ein schwaches Herz und traut sich nicht, an einem heißen Tag zum Arzt zu gehen, um ein EKG machen zu lassen. Mich hatte sie schon vor langer Zeit gebeten, einen Fernsehmechaniker für sie zu bestellen, weil ihr Apparat verrückt spielte: An den spannendsten Stellen, wenn meine Tante »Big Brother« oder »Liebe Sünde« ankuckte, fing die Kiste an, sich selbst willkürlich um- oder abzuschalten. Ich vereinbarte mit einer Reparaturwerkstatt einen Termin, vergaß jedoch, meine Tante davon in Kenntnis zu setzen.

Sie saß allein zu Hause, als es an der Tür klingelte. Ein Mann mit einem großen Koffer betrat die Wohnung. Meine Tante hielt ihn für den Kardiologen, machte den Oberkörper frei und legte sich auf ihr Bett. Der Mann schaute sie etwas verunsichert an, stellte seinen Koffer ab, und schaltete den Fernseher ein. Auf *RTL* lief gerade »Formel 1 – Großer Preis von Spanien«. Meine Tante traute ihren Augen nicht: Der von ihr bestellte Kardiologe kuckte sich die Formel 1 im Fernsehen an statt ein EKG zu machen – und sie lag halb nackt auf ihrem Bett. »Vielleicht ist der Arzt wegen der Hitze durchgedreht oder er ist einfach Formel-1-Fan«, überlegte sie fieberhaft. Plötzlich schaltete der Fernseher willkürlich auf die »Gummibärchenbande« um. »Alles klar«, sagte der Kardiologe, zwinkerte meiner Tante zu, und holte einen großen Schraubenzieher aus seiner Tasche. Jetzt wurde meiner Tante endgültig klar, dass mit dem Arzt irgendetwas nicht stimmte. Als er anfing, ihren Fernseher auseinander zu schrauben, bekam sie es mit der Angst. »Vielleicht ist er gar kein Kardiologe, sondern ein Serienkiller, der sich nur als Kardiologe ausgibt, um alte kranke Frauen zu vergewaltigen oder zu ermorden, nachdem er ihren Fernseher auseinander genommen hat«, argwöhnte meine Tante und betrachtete den Mann misstrauisch. Er benahm sich sehr merkwürdig, summte vor sich hin und stöhnte manchmal. Beide Hände steckten im Fernseher. Meine Tante überlegte sich rasch einen Fluchtplan.

Als der Mann auch noch seinen Kopf ins Innere des

Gerätes steckte, sprang sie von ihrem Bett auf und lief aus der Wohnung – zu mir. Zum Glück liegen zwischen unseren beiden Quartieren nur fünfzig Meter: Sie musste bloß die Schönhauser Allee überqueren. Ich saß gerade zu Hause und tippte friedlich in meinen Computer. Es war ein heißer Tag, alle Fenster waren offen. Plötzlich hörte ich von draußen ein schreckliches Gerassel. Es klang, als wären zwei Straßenbahnen in beide Richtungen gleichzeitig entgleist. Ich kuckte aus dem Fenster und sah plötzlich meine Tante, wie sie halb nackt die Schönhauser Allee überquerte. Die Folgen ihres Auftrittes waren für den Verkehr katastrophal. Mehrere Autos bremsten hektisch, andere wieder gaben Vollgas. Ein Rollstuhlfahrer verpasste die Kurve, weil er meine Tante angestarrt hatte, und fuhr geradewegs auf die Fahrbahn. Mir standen alle Haare zu Berge. Doch meine Tante war dann sehr stolz auf sich, als sie mir atemlos erzählte, wie clever sie dem Serienmörder entwischt war. Sie hatte es sogar geschafft, ihn in ihrer Wohnung einzusperren. »Ruf sofort die Polizei«, bat sie mich. Bevor ich dem nachkommen konnte, klingelte das Telefon bei mir. Es war jemand aus der Reparaturwerkstatt, der wissen wollte, was ich mir dabei gedacht hätte, ihren besten Elektriker in eine derartige Falle zu locken und ob es sich dabei um eine Entführung handele. Verwirrt und verlegen hörte ich ihm nicht länger zu und legte einfach auf.

Die großen Brände auf der Schönhauser Allee

Erstaunlich aber wahr: Nicht mal zwei Stunden brauchten unsere Nachbarn in diesem Jahr, um ihre Silvestermunition zu verballern. Besonders viel Mühe gaben sich heuer die Vietnamesen aus dem ersten Stock. Während die Deutschen sich damit begnügten, harmlose kleine Raketen von ihren Balkonen aus abzufeuern, nahmen die Vietnamesen die Sache ernst. Kurz nach Mitternacht trugen sie zu dritt einen großen Sack vors Haus. Aus der Ferne sah das Zeug in dem Sack wie getrocknete Möhren aus. Die Männer hängten den Sack an den einzigen Baum vor unserem Haus, zündeten ihn an und gingen in Deckung. Die Möhren verbreiteten erst einen gelben, stinkenden Nebel über der Straße, dann knallte es, und zwar so stark, dass die Balkone zitterten. Es klang wie der Ausbruch des Dritten Weltkrieges. Als sich der Lärm legte, hatten die anderen Nachbarn keine Lust mehr herumzuballern. Sie kapitulierten und verschanzten sich in ihren Wohnungen.

Doch die Vietnamesen waren noch lange nicht fertig. Nach wenigen Minuten zerrten sie schon den zweiten

Möhrensack aus dem Haus. Diesmal hängten sie ihn an eine Straßenlaterne, unser Baum hatte sich nämlich nach der Explosion in einen Busch verwandelt. Der neue Sack schien noch größer als der erste zu sein. »Jetzt lässt sich gut nachvollziehen«, meinte mein Freund Juri, »warum die Amerikaner trotz der besseren Ausrüstung damals den Krieg gegen dieses stolze kleine Volk verloren haben. Die Vietnamesen sind sehr entschlossen. Wenn sie einmal angefangen haben zu kämpfen, dann kann man sie bis zum Ende nicht mehr aufhalten.« Wir schlossen alle Fenster und Türen, bevor die Straßenlaterne gegen den Balkon kippte, und gingen zu unserem festlich gedeckten Tisch zurück. Dieses Jahr hatten unsere Frauen sich bei der Vorbereitung des Silvesteressens auf BSE-freie Delikatessen konzentriert: die Gaben des Meeres und eingelegte Marienkäfer mit Spinat – das Essen der Zukunft. In der Wohnung roch es stark nach Schwefel, weil die Balkontür zu lange offen gestanden hatte.

Noch zweimal wurde unser Haus von heftigen Explosionen erschüttert, doch kurz nach vier Uhr gingen den Vietnamesen die Möhren aus, und es wurde langsam ruhiger. Wie immer an einem solchen Tag sprachen wir über das Schicksal Russlands, über eine neue Platte unserer Lieblingsband »Leningrad« und über Maxim, der alle naselang eine neue Freundin hat.

Danach hörten wir uns zum hundertstenmal die Geschichte von Markow an. Seine Wohnung in der Paul-Robeson-Straße war vor kurzem ausgebrannt, und das war wohl das Interessanteste, was dem Mann im letzten Jahr passiert ist. Er war fast der letzte Bewohner in dem alten Haus gewesen und wurde für die Medien zum Hauptopfer erkoren. Einen ganzen Tag lang gab er den verschiedenen Rundfunksendern und Zeitungen Interviews. Früher interessierte sich keine Sau für ihn. Nun wollten auf einmal alle wissen, wie er lebte, wie schrecklich seine Wohnung nach dem Brand verwüstet war, und wie er mit dem Unglück klarkäme. Ehrlich gesagt hatte seine Wohnung auch vor dem Brand nicht viel besser ausgesehen, aber das interessierte niemanden. Die Polizei richtete sofort einen fahrbaren Imbissstand für die Brandgeschädigten ein. Dort bekam Markow zwischen den Interviews kostenlose Kartoffelsuppe mit Bockwurst. Und Leute aus den nebenstehenden, aber noch nicht abgebrannten Häusern, brachten ihm säckeweise warme Unterwäsche vorbei. Am Abend kam es bei Markow auch noch zu einer Überschwemmung. Einige Tonnen Wasser, die von den Feuerwehrleuten aufs Dach gepumpt worden waren, ergossen sich in seine Wohnung.

»So viele Abenteuer an einem Tag habe ich in meinem ganzen Leben noch nicht erlebt«, meinte Markow. Doch schon am nächsten Tag ließ das Interesse nach. Auch uns ging er mit seinem Gejammere bald auf die Nerven, gleichzeitig tat er jedoch allen Leid. »Hoffentlich brennt es bei dir auch im nächsten Jahr wieder ein bisschen«, meinte Juri mitfühlend zu ihm während des Silvesteressens. Wir tranken den Sekt aus und gingen nach Hause schlafen.

Berühmte Persönlichkeiten auf der Schönhauser Allee: Mickey Rourke

In den »Schönhauser Arcaden« fand eine *Pokémon*-Werbeveranstaltung statt. Ein *Pokémon*-Sammelspiel wurde angeboten und das nicht nur für Kinder. Alle albernen Erwachsenen, die sonst schon morgens früh in den »Arcaden« sitzen und mit Biergläsern spielen, durften ebenfalls mitmachen. Die drei Stockwerke des Kaufhauses waren von *Pokémon*-Fans jeden Alters überfüllt. Die Männer vom Sicherheitsdienst – als *Pokémon*-Figuren verkleidet – versuchten vergeblich, die Ordnung zu bewahren. Ein Dutzend kostümierter *Nintendo*-Freaks agierte ebenfalls in den Gängen. Als riesengroße Monster in Gelb, Braun und Violett drängten sie durch die Konsumentenmassen. Sie zerrten irgendwelche Kinder aus der Menge und gaben sie erst dann wieder frei, wenn die Eltern für fünf Mark ein Polaroidfoto von den Monstern gekauft hatten.

Meine dreijährige Tochter Nicole und ich gingen vorsichtig Hand in Hand durch die »Arcaden« und versuchten, die bunten Gestalten zu meiden. Wir wollten eigentlich nur Schnaps und Zigaretten kaufen, an dem großen Sammelspiel waren wir nicht interessiert.

Ein zwei Meter großer, gelb-brauner *Magmar* mit den Augen eines hungrigen Vampirs blockierte plötzlich die Rolltreppe vor uns. Er wedelte aggressiv mit seinem Schwanz und richtete seine Polaroidkamera auf die nichts ahnenden spielenden Kinder. »Diese Verbrecher gehören in den Knast«, meinte meine Tochter, und schubste mit einem Fußtritt in den Hintern das *Magmar* die Rolltreppe herunter. Sein Fotoapparat blieb oben liegen.

»Wir müssen die Kinder von diesem Spuk befreien, bevor wir nach Hause gehen«, sagte sie.

»Aber vielleicht wollen sie gar nicht befreit werden?«, widersprach ich.

Doch meine Tochter blieb hart und kündigte eine Aktion an: »Befreiung des Kaufhauses von der Invasion fremder Monster«, das Motto dafür hatte sie auch schon: »Deutsche Kaufhäuser für deutsche Monster.« Mir blieb nichts anderes übrig, als ihr zu helfen. So fingen wir an, alle japanischen Eindringlinge ausfindig zu machen. Wir drängten einen ekligen *Sleima* in die Ecke und verpassten ihm ein paar aufs Maul. Der violette *Sleimok* spürte die Gefahr rechtzeitig, und versteckte sich auf der Männertoilette. Danach gingen wir zum »Otto-Bönicke«-Geschäft Zigaretten kaufen. Der Laden war leer. Überall in den Regalen lagen Waffen: bunte Gaspistolen mit und ohne Munition, Schlagstöcke aus Plastik, handliche Stromschocker, Luftgewehre, Handschellen, Bögen und frische Zeitungen zum Fliegen erschlagen. Nicole meinte, wir müssten unbedingt ein Luftgewehr kaufen, damit könnte man von unserem Balkon aus problemlos die *Pokémon*-Monster abschießen, wenn sie das Einkaufscenter verließen und nach Hause gingen. Ich widersprach dem Kind und erklärte, dass diese Monster niemals das Kaufhaus verlassen würden, weil sie dort zu Hause wären. Nur ein Weg führt für sie heraus – wenn sie von jemandem gekauft werden. »Dann kaufen wir sie«, erwiderte meine Tochter tapfer, »und anschließend erschießen wir sie alle draußen an der frischen Luft.«

Plötzlich kam ein Monster in den Laden. Es war wesentlich größer als die anderen und von Kopf bis Fuß in glänzendes Leder eingepackt. Die Haut in seinem roten Gesicht schälte sich heftig, keinerlei Gesichtszüge waren zu erkennen. Zwei kleine dreieckige Augen blitzten bösartig in die Gegend. Mit einer verrauchten Stimme forderte es den Verkäufer auf, ihm alle Messer zu zeigen, deren Klingen länger als 25 Zentimeter waren, dabei kehrte es uns den Rücken zu. Ich erkannte das Monster trotzdem sofort.

»Ein *Pokémon*-König«, staunte Nicole.

»Nein Liebling, das ist Mickey Rourke, ein berühmter Schauspieler aus Hollywood«, erklärte ich ihr.

Meine mutige Tochter klopfte dem Schauspieler ans Knie und fing ein Gespräch an: »Guten Tag, was hat Sie hierher verschlagen?«

Mickey Rourke hatte gerade ein riesengroßes Messer gekauft und wickelte es nun in eine Zeitung ein. Eine Minute irrten seine Augen umher, auf der Suche nach der Stimme, dann schaute er nach unten und entdeckte Nicole.

»Ich gehe auf Elefantenjagd«, antwortete er knapp, und lächelte meiner Tochter freundlich zu.

Wir gingen zusammen aus dem Geschäft. Die anderen Kinder und ebenso die *Pokémon*-Figuren machten uns ehrfürchtig den Weg frei, als sie Mickey Rourke sahen. Draußen sprang er auf seine Harley Davidson, die vor dem Eingang stand, und machte sich aus dem Staub.

»Gute Jagd«, rief meine Tochter ihm noch hinterher. »Und grüßen Sie Ihre Frau!«

»Woher weißt du, dass er eine Frau hat?«, fragte ich sie misstrauisch. »Davon habe ich noch nie etwas gehört.«

»Je hässlicher ein Monster, desto verheirateter«, erwiderte meine dreijährige Tochter sorglos.

Wir gingen nach Hause.

Meine Schwiegermutter besucht uns auf der Schönhauser Allee

Die Verbindungen Russlands zum westeuropäischen Raum werden immer spärlicher. Es gibt nur noch einen russischen Zug, der am Bahnhof Lichtenberg ankommt. Der Zug wird in Brest aus Waggons verschiedener Farben zusammengestellt. Meine Schwiegermutter kam in einem blauen Waggon an, auf dem »Saratow« stand, obwohl sie eigentlich im Nordkaukasus lebt, tausende von Kilometern von Saratow entfernt. Im Nordkaukasus gibt es aber kein deutsches Konsulat, wie im Übrigen auch nicht im Südkaukasus. Es gibt in Russland meines Wissens nur vier deutsche Außenstellen, die Visa erteilen: eine in Moskau, eine in St. Petersburg, dann noch eine sibirische und eine vierte in Saratow für den Rest des Landes. Meine Schwiegermutter musste also erst einmal drei Tage durch das ganze russische Bermudadreieck fahren, bevor sie in Saratow ein Touristenvisum beantragen konnte.

Alle Abteile waren mit besoffenen Soldaten und Offizieren überfüllt, die aus Tschetschenien kamen und nach Hause fuhren. Sie konnten es noch immer nicht fassen, daß sie trotz allem überlebt hatten. Vor lauter Freude schütteten sie literweise Wodka in sich hinein und randalierten die ganze Zeit. Sie tanzten halb nackt herum und kotzten den Korridor voll. Die Zivilisten im Zug kuckten weg. Die Soldaten erinnerten sie an einen Krieg, den keiner wahrhaben wollte. Nur meine Schwiegermutter versuchte die ganze Zeit, sie zur Ordnung anzuhalten: »Ihr seid keine Krieger, Pissnelken seid ihr!«, appellierte sie an ihren Verstand, doch es war umsonst. Die Soldaten waren zu betrunken, um sich noch unter Kontrolle zu haben. Der eine fiel sogar mitten in der Nacht vom oberen Stockbett herunter, ohne wach zu werden. Auf dem Boden pinkelte er in die Pantoffeln meiner Schwiegermutter, und brach damit das letzte Tabu des zivilen Lebens.

Als er am nächsten Morgen aufwachte, suchte der Krieger vergeblich nach seiner Waffe, die er im Suff verloren hatte – eine Vollautomatik, das einzig Wertvolle, was er besessen hatte. Er hatte noch Großes mit ihr vorgehabt. Er wollte sie nämlich in Saratow auf dem Flohmarkt verscheuern, und mit dem Geld tolle Geschenke für seine Eltern kaufen. Nun war sie aber weg, zur großen Freude der anderen Reisenden. Sie hänselten ihn, und der junge Mann weinte beinahe, denn ohne Waffe war er kein Soldat und verdiente keine Achtung mehr. Meine Schwiegermutter hatte jedoch ein großes Herz. Sie zog ihre trockenen Ersatzpantoffeln an und ging durch den Zug, um seine Vollautomatik zu suchen. Sie war schnell gefunden: Einige Kinder im Waggon nebenan spielten damit Krieg. Sie hatten die Vollautomatik auf dem Klo entdeckt und richteten sie nun auf die Schaffnerin, damit die ihre Uniform ausziehe. Meine Schwiegermutter entwaffnete die Kinder kurzerhand und brachte die Waffe dem Soldaten zurück. »Du hast mir mein Leben gerettet, Mutti!«, schrie er auf, »dafür werde ich deine Tochter heiraten.«

»Um Gottes willen, wer braucht schon so einen Bräutigam«, erwiderte meine Schwiegermutter. »Wie ein beknackter Affe siehst du aus. Außerdem ist meine Tochter schon verheiratet, mit einem Schriftsteller in Berlin«, sagte sie stolz. Da durchschaute der Soldat sofort sein ganzes Elend und wurde nachdenklich. Bis nach Saratow wechselte er kein Wort mehr mit meiner Schwiegermutter. Dort im Konsulat hatte ein Freund von uns schon alles vorbereitet. Sogar eine Nummer hatte er für meine Schwiegermutter schon gezogen, sie musste also nicht mehr zwei Wochen wie die anderen warten, bis sie dran war. Für 200,– DM bekam sie eine Auslandskrankenversicherung, die in keinem Land der Welt anerkannt wird, eine Liste mit Telefonnummern der russischen Botschaft in Deutschland und all das sonstige Zeug, was die schlauen russischen Mitarbeiter jedem andrehen. Nicht zu vergessen das Visum. Nach zwei Tagen saß sie wieder im Zug, diesmal in Richtung Deutschland über Brest.

Wo die Polen nach Drogen suchen und dafür spezielle polnische Schäferhunde einsetzen, die die Drogen riechen können, da suchen die weißrussischen Zöllner nur nach Geld. Dabei haben sie im Laufe der Zeit außergewöhnliche Fähigkeiten entwickelt, und mittlerweile finden sie es überall, selbst dort, wo keines ist. Nur naive Menschen denken, dass Geld nicht stinkt. Die weißrussischen Schäferhunde können Geld selbst aus großen Entfernungen riechen. Es müssen nicht einmal unbedingt große Scheine sein, selbst eine kleine Münze bringt diese Experten zum Bellen. Auf die Summe kommt es ihnen nicht an. Selbst wenn sie nur einen Pfennig riechen, freuen sich die Hunde darüber wie verrückt. Auf diese Weise sind die weißrussischen Zöllner natürlich in einer vorteilhafteren Situation als ihre polnischen Kollegen. Sie erwirtschaften pures Geld, während die Polen sich ständig überlegen müssen, wie sie den Stoff wieder loskriegen.

Es finden sich aber immer wieder mutige Reisende, die keine Angst vor den weißrussischen Schäferhunden haben und ihr Geld gar nicht erst verstecken. Dazu gehörte auch meine Schwiegermutter. Sie hatte hundert Mark bei sich und sagte den Zöllnern gleich: »Hier ist mein Geld, alles ist offiziell und ich habe nicht vor, euch was zu geben.« Da hatten sie sofort keine Lust mehr weiterzusuchen und zogen Leine. Sie können nämlich nur das Geld behalten, das versteckt wurde, so sind die Spielregeln. »Wieso gehen Sie schon, werden Sie uns denn heute gar nicht ausziehen?«, wunderten sich die anderen Frauen im Abteil. Sie fuhren diese Strecke regelmäßig, und bisher waren sie noch jedes Mal von den Zöllnern ausgezogen worden, sodass es sie schon fast danach verlangte. Manche fuhren die Strecke immer wieder, nur um von den

Zöllnern ausgezogen zu werden, denn wo sonst fänden sie noch so viel Neugier und Interesse an ihrem Körper? Doch diesmal hatte meine Schwiegermutter ihnen die Show vermasselt.

Auf dem Weg zum Bahnhof Lichtenberg war ich im Stau stecken geblieben und hätte beinahe den bunten Russenzug verpasst. Meine Schwiegermutter stand schon auf dem Bahnsteig mit zwei riesigen schwarzen Taschen: zwanzig Kilo selbst gemachte Aprikosenkonfitüre in Dreilitergläsern waren darin.

»Das musste doch nicht sein«, sagte ich wie schon beim letzten und beim vorletzten Mal zur Begrüßung.

»Wir hatten so eine reiche Ernte dieses Jahr«, erwiderte sie, »und ich wusste einfach nicht, wohin mit dem ganzen Zeug. Da dachte ich, was soll's, ich nehme es einfach nach Deutschland mit.«

Kneipen auf der Schönhauser Allee

Die Feiertage hatten wir gut überstanden, und schon kurz nach Neujahr konnten wir weiterleben, -trinken und -rauchen. Mein Freund Juri und ich saßen im »Attila-Imbiss« in der Paul-Robeson-Straße, tranken Tee und blätterten alte Zeitungen durch. Alles wird immer besser, behaupteten die Überschriften, der Dollar fällt, der Euro steigt, die Arbeitslosigkeit geht runter, und das Nettoeinkommen der Berliner Haushalte hat die stolze 4500-DM-Grenze überschritten. Die Wirtschaft blüht also. Überall in der Stadt werden täglich neue Geschäfte eröffnet: Zeitungskioske, Lebensmittelläden, Kneipen. Nur nicht bei uns.

Trotz des wirtschaftlichen Aufschwungs ist der 4500-DM-Haushalt immer noch ein seltener Vogel bei uns auf der Schönhauser Allee. Deswegen sitzen wir ja auch bei »Attila«. Die Hühner-Döner von ihm schmecken ziemlich widerlich. Man fragt sich ständig, ob diese Hühner nicht schon mehrmals von anderen zerkaut worden sind, bevor sie als Döner endeten. Darauf machen wir auch den Besitzer des Ladens, namens »Attila« immer wieder gerne aufmerksam. Er lachte jedes Mal: »Ja«, sagt er dann, »ich weiß, es gibt da ein Döner-Problem. Aber als altes PKK-Mitglied bin ich gezwungen, dieses Hühnerfleisch bei meinen Parteigenossen einzukaufen. Es schmeckt vielleicht nicht besonders gut, aber die Parteikasse ist nun mal von diesem Hühnerfleisch abhängig. Und ohne Parteikasse gibt es keine Revolution. Aber das nächste Mal«, so verspricht er uns immer wieder grinsend, »grille ich ein ganzes Ferkel für euch, Kameraden!«

Juri und ich wollten schon mehrmals unseren Stammimbiss wechseln, aber so einfach ist es nicht. Die Schönhauser Allee ist kein Paradies für Kneipengänger. Der »Burger-King« an der Ecke Paul-Robeson-Straße ist BSE-verseucht. »Pezo del Tore« gegenüber ist eigentlich keine Kneipe, sondern eine vegetarische Sekte. Dort werden die gebratenen Möhrchen gleich kiloweise gegessen. Und der thailändische Imbiss in der Nähe ist als Stammkneipe fest in den Händen der schwulen Bauarbeiter des Bezirks. Diejenigen, die in den kleinen Imbiss nicht reinpassen, gehen rüber in die »Bärenhöhle«. Das »Nirwana« ist eine langweilige Stripteasebar, wo sich einige Pankower Hausfrauen ausziehen und nackt auf dem Tresen tanzen. Erzählt man sich jedenfalls.

Uns bleibt nur »Attila«, der König der Hühner. Sein Laden hat aber auch einige Vorteile: Wir sind dort fast die einzigen Kunden und genießen deswegen die gesamte Aufmerksamkeit des Besitzers. Außerdem wissen wir ja inzwischen, dass wir dort nicht einfach so abhängen, sondern für eine gute Sache rumsitzen. Es geht um die Revolution und um die allgemeine Verbesserung der Lage. Die wird zur Folge haben, dass auch zu uns irgendwann mal die 4500-DM-Haushalte aus der Zeitung ziehen, und dann wird alles anders.

Wir und andere Musikanten

Jeder Mensch ist Musiker, jeder Tag unseres Lebens – ein Konzert. Die Karten werden umsonst verteilt, der Eintritt ist frei. Vom Geburtshaus bis zum Friedhof wird man von der Musik begleitet, Tag und Nacht, bei der Arbeit und zu Hause. Selbst wenn man den kassenärztlichen Notdienst anruft, muss man sich zuerst eine halbe Stunde lang Mozarts »Kleine Nachtmusik« anhören – »daaa, da, daaa, da, da, da, da, da, daaa … bitte legen Sie nicht auf … daaa, da, daaa … Sie werden gleich verbunden …«

Auch meine Familie ist eine ganz normale Kelly Family: alles Musikanten, ohne Ausnahme. Meine Frau hat zehn Jahre lang Klavier studiert, ich spiele oft abends in der Küche Gitarre. Unser Sohn Sebastian hat zu seinem ersten Geburtstag von einem netten Nachbarn eine Trommel geschenkt gekommen, und unsere Tochter Nicole besitzt eine Blockflöte, die sie im Kindergarten bei einer Schlacht erobert hat. Aber viel lieber trommelt sie auf den Kopf ihres Bruders, wenn der ihre Flöte unserer Katze Martha in den Hintern zu schieben versucht. Die Katze spielt auch gern Musik, indem sie auf meiner Gitarre rumspringt.

Doch wir sind nur Hobbymusiker, deswegen herrscht bei uns in der Wohnung nach 23.00 Uhr absolute Stille. Dann kann man nur noch die Nachbarn hören, wie sie sich mit ihrer Musik abquälen. Der Junge aus dem dritten Stock versucht seit einem halben Jahr auf seinem Saxofon »El Condor Pasa« zu intonieren. Die dicke Dame aus dem Seitenflügel, deren Küchenfenster unserem direkt gegenüber liegt, schreit jeden Abend auf Italienisch. Ich toleriere inzwischen ihr merkwürdig lautes Verhalten und kann ohne nicht mehr einschlafen. Anfangs dachte ich, es ginge ihr nicht gut, wenn ich sie so schreien hörte. Jetzt weiß ich aber, sie arbeitet in der Oper, es geht ihr gut – sie übt.

Doch die wahren Lautkünstler sind für mich die Straßenmusiker. Es gibt sie in jeder Stadt der Welt. In Berlin, Moskau und Paris beglücken sie im Stehen, Sitzen oder Liegen das herumlaufende Volk mit ihrer Musik. Unter den Straßenmusikanten gibt es verschiedene Gattungen. Besonders faszinieren mich die so genannten »Kratzer«, das sind Musiker, die nur eine einzige Melodie können, dafür aber in- und auswendig. Diese seltene Gattung sieht man heutzutage nicht mehr oft, die Straßen werden zunehmend von Absolventen des Konservatoriums und arbeitslosen Orchestermusikern erobert. Umso mehr weiß ich die Kratzer zu schätzen. In Moskau war es ein kahlköpfiger alter Mann, der jede Woche vor dem Eingang der einzigen öffentlichen Toilette in der Nähe des Roten Platzes stand und auf einer vibrierenden Handsäge den »Donauwalzer« spielte. Ganze Touristengruppen blieben ergriffen stehen.

In Berlin ist es der verlorene Anden-Indianerstamm vom Alexanderplatz mit dem Hit »Guantanamera«, den sie dort vor dem Kaufhof seit Jahren einüben. Die Indianer haben im Laufe der Zeit eine seltene Perfektion erreicht, sie können das Lied auf allen Instrumenten, mit Händen und Füßen spielen, sie können es pfeifen, furzen, rülpsen und klatschen, immer und immer wieder. Der Alexanderplatz ist inzwischen ohne diesen verlorenen Stamm undenkbar. Sollten die Indianer irgendwann einmal weiterziehen, dann wird auch der »Kaufhof« schließen und weiterziehen müssen.

Zu den Anhängern der »One-Song-Music« gehört auch der afrodeutsche Schlagzeuger vor dem Zoo, den dort alle »Kraftwerk« nennen, wahrscheinlich wegen der auffallenden Kraft seines Intellektes. Er veranstaltet regelmäßig Konzerte vor dem Erotikmuseum. Dann sitzt »Kraftwerk« mit geschlossenen Augen auf einem Hocker und haut voller Energie auf zahlreiche leere und halb leere Büchsen und Flaschen ein. Doch anders als die anderen verrät er seine Lebensmelodie nicht, er hält sie geheim. Mit etwas Anstrengung kann jeder seine eigene Lieblingsmelodie in dieser Musik erkennen. Letztens, als ich diesen Musiker wieder bei der Arbeit sah, schien mir, als spielte er »Die Apfelblüte«, unser Armeelied. Doch mein Freund Juri behauptete, er spiele »Satisfaction«, es wäre schon immer »Satisfaction« gewesen, ich hätte es nur einfach nicht erkannt.

Altbauten und Neubauten

Seit zehn Jahren leben meine Frau und ich in Berlin, und sechsmal sind wir umgezogen. Jedes neue Haus ist älter als das vorige. Hier in Berlin haben wir die Altbauten entdeckt und sind mit der Zeit richtige Altbauliebhaber geworden. Meine Eltern können diese Vorliebe für alte Häuser nicht nachvollziehen. Wenn mein Vater bei mir vorbeischaut und die Löcher unter den Fensterbrettern, die von Holzkäfern zerfressenen Dielen und den abgefallenen Putz an der Fassade sieht, werden seine Augen ganz rund. »Warum tut ihr euch das an? Und noch dazu zu einem solchen Preis? Ihr könntet doch in Karow-Nord eine supertolle Neubauwohnung viel billiger bekommen!«, sagt er immer wieder zu uns.

Ich kann es ihm nicht erklären. Die Neubauten schrecken uns nicht ab. Ich habe meine Jugendjahre in einem Neubau am Rande Moskaus verbracht, meine Frau ebenfalls. Neubauten waren in Russland eine große sozialistische Errungenschaft, ein Versuch, den Traum von einem glücklichen und sorglosen Leben für jeden in die Realität umzusetzen. »Jedem Arbeiter eine eigene Wohnung mit

Warmwasseranschluss«, lautete die Parole der Baupolitik. Majakowski und andere berühmte sowjetische Dichter schrieben daraufhin ganze Poeme über den Wohnungsbau. Ein weiterer wichtiger Grund für dieses Bauprogramm war die soziale Gerechtigkeit. Man wollte gleiche Bedingungen für alle schaffen und dadurch dem Neid ein für alle Mal ein Ende machen. Alle Häuser waren gleich gebaut, die Wohnungen gleich geschnitten. Wenn ich Freunde besuchte, musste ich nie fragen, wo die Toilette war. Meine Eltern haben ihr ganzes Arbeitsleben in einer solchen Wohnung verbracht: Zwei Zimmer, Küche, Bad, 27 Quadratmeter Gesamtfläche, 1,90 Meter hoch. Es war ganz sicher kein Palast, dafür aber umsonst, vom Staat geschenkt. Auch die meisten meiner Mitschüler lebten mit ihren Eltern in solchen Wohnblocks.

In unserer Klasse waren aber auch einige Opportunisten, deren Eltern keine Arbeiter waren, sondern Parteibeamte, Mitarbeiter des Innenministeriums oder Armeeoffiziere. Für diese Familien wurden zwei Neubauten mit einer verbesserten Architektur in unmittelbarer Nähe der Metrostation errichtet. Unsere Häuser waren alle grau, diese neuen waren weiß. Die Wohnungen dort waren dreißig Zentimeter höher als unsere. Besonders die Offizierssöhne hielten ihre Nasen hoch. Sie bildeten eine geschlossene Gruppe und wollten mit uns nichts zu tun haben. »1,90« nannten sie uns verachtend. Damit war die Zimmerhöhe in unseren Neubauten und gleichzeitig unser intellektuelles Potenzial gemeint.

Altbauten gab es in unserem Moskauer Außenbezirk gar nicht. Die Stadt wuchs in alle Richtungen und verschlang mehrere Dörfer. Die Baubrigaden sprengten die alten Häuser einfach in die Luft, und die Neubausiedlungen übernahmen oft den Namen der Dörfer. So hieß unser Bezirk ziemlich umständlich »Korovino-Funkino«, was sich ins Deutsche kurz und knapp als »Kuhscheiße« übersetzen lässt. Zwar gab es bei uns weit und breit keine Kühe mehr, trotzdem fanden die meisten Bewohner des Bezirks diesen Namen treffend. »Wo wohnst du, mein Sohn?« »In der Kuhscheiße.« Man konnte sich sofort etwas darunter vorstellen.

Die Offizierssöhne und die Arbeitersöhne konnten einander nicht ausstehen und lieferten sich regelmäßig Schlachten auf dem Schulhof. Danach rief der Schuldirektor alle Eltern zu sich. Auf der Versammlung ging es nicht um soziale Gerechtigkeit, sondern um Jugend und Gewalt. Richtig interessiert waren an diesem Thema jedoch nur die Rentner, die immer schon genau registriert hatten, wessen Sohn wen verdrosch. Die ganze Lächerlichkeit des Dreißigzentimeterstreites wurde mir erst später bewusst, als ich nach zwei Jahren Wehrdienst aus der Armee zurück nach Hause kam. Ich konnte die Wohnung nicht mehr wieder finden. Ich hatte das Gefühl, wenn ich diese Zelle betrete, wird sie sofort mitsamt dem Haus zusammenbrechen. 27 Quadratmeter! Allein das Klo in unserer Kaserne war 100 Quadratmeter groß gewesen.

Berühmte Persönlichkeiten auf der Schönhauser Allee: Carlos Castaneda

Am Wochenende, wenn der Kindergarten zu ist, gehe ich mit meiner Tochter Nicole zum Spielen auf den Arnimplatz. Wir kommen an der Kneipe »Bärenhöhle« vorbei, in der kreative schwule Bauarbeiter ein »Bärengedeck« trinken – eine Mischung aus Bärenpils und Piccolosekt. Dann geht es rüber zum »Burger-King«, wo wir immer eine Pappkrone umsonst bekommen. Ich weiß nicht viel über Bettina von Arnim, aber der ihr gewidmete Park ist der größte Spielplatz in unserer Umgebung. Viele Kinder laufen dort herum, aber sie spielen nur ungern miteinander. Und wenn schon, dann will jeder seine eigenen Spielregeln durchsetzen. Ein rotznasiger Junge zum Beispiel: Er treibt sich ständig auf dem Arnimplatz herum, nascht von jeder zweiten Blume ein bisschen und kaut die Blätter von allen Büschen. Dann spült er den Mund mit einem Haufen Sand und fängt wieder von vorne an. Seine Eltern wollen oder können ihn nicht daran hindern, sie wissen aber, dass Kinder in dem Alter noch naiv sind und viel bessere Verdauungsmöglichkeiten als wir Erwachsene haben.

Die Kinder wollen alles selbst ausprobieren, verzehren, anfassen. Erst wenn sie älter werden, lesen sie vielleicht mal Carlos Castaneda und lernen, welches Blatt man von welchem Busch zu welcher Jahreszeit essen sollte. Bei diesem Thema ist der Erfinder des *Don Juan* der König. Vor Jahrzehnten hat er bereits die Erfahrung gemacht; dass nicht jedes Gräschen in den Mund gehört und man nicht auf jeden Kaktus scharf sein muss. Nur, wie findet man den richtigen Kaktus? Diese Frage lässt sogar Castaneda unbeantwortet. Eine Freundin von mir, Katja, die mit ihrem Mann und ihrer Tochter in der Nähe des Arnimplatzes wohnte, studierte Tag und Nacht Castaneda. Dazu probierte sie alle halluzinogenen Drogen aus, die sie kriegen konnte, auch die Büsche auf dem Arnimplatz waren vor ihr nicht sicher. Ihr Mann war ein leidenschaftlicher Händler, er kaufte und verkaufte alles, was ihm in die Finger kam. Seine Verkaufsannoncen in den russischen Zeitungen sahen immer beeindruckend aus: »Verkaufe zwei gebrauchte Kinderfahrräder, eine Einzimmerwohnung in Wilna und große Waldflächen in Sibirien.« Einen Großhandel mit rotem Kaviar hat er auch mal betrieben: »Wer mehr als 100 Kilo Kaviar bei uns kauft, bekommt eine Packung Elektrobatterien umsonst«, stand in seiner Annonce. Der Mann war so gut wie nie zu Hause, dafür aber der komplette Castaneda – auf dem Bücherregal. Er wurde zu einem echten Familienmitglied und Gesprächspartner für Katja. Während die anderen nur mit ihren eigenen Problemen beschäftigt waren, hatte Carlos für

Katja immer Zeit. Sie wurden dicke Freunde. Später, in der Nervenklinik des Königin-Elisabeth-Krankenhauses, in die Katja dann eingeliefert wurde, fing sie sogar an, Briefe an Castaneda zu schreiben. Er schrieb nie zurück, rief aber manchmal in der Nacht an. Katja schlief deswegen kaum noch. Wie gebannt starrte sie die ganze Nacht auf das Telefon.

Lieber Carlos,

schrieb sie ihm eines Tages,

mit deiner Hilfe habe ich andere, bessere Welten entdeckt. Dort habe ich viele interessante Menschen kennen gelernt und spannende Abenteuer erlebt. Nun bin ich zu dem Schluss gekommen, dass ich meine äußere Hülle nicht mehr brauche. Ich will endgültig umziehen. Wäre das für dich ein Problem?
Ruf mich bitte an,
Deine Katja.

Carlos rief um drei Uhr nachts an und war stinksauer auf Katja. Er schrie sie an. Zum Glück war Katja diese Nacht allein auf der Station, die anderen Betten waren gerade frei.

»Du blöde Kuh!«, randalierte Carlos am Telefon, »du hast noch immer nichts verstanden. Wenn die Verbindung zwischen deinem Geist und deiner äußeren Hülle unterbrochen wird, wirst du den grünen Nebel nicht mehr sehen können. Dann schaltet sich die Quelle des Geistes einfach ab. Also, du darfst auf keinen Fall umziehen, Idiotin!«

Katja fühlte sich durch die Schimpfwörter von Carlos beleidigt. »Das werden wir noch sehen«, sagte sie bockig und legte auf. Um sechs Uhr kam die Schwester und brachte ihr das Frühstück. Aber Katja war nicht mehr da. Nur ihre etwas verknüllte Hülle lag noch neben dem Bett.

Das Wetter auf der Schönhauser Allee

In Moskau lebte ich auf der Akademiker-Pawlow-Straße, benannt nach dem berühmten Verhaltensforscher und Hundeliebhaber. Es war nach Moskauer Standard eine relativ kleine Straße – ungefähr zehn Kilometer lang. Es gab dort eine grüne und eine weiße Grundschule, ein gelbes Irrenhaus, ein Studentenwohnheim des Medizinischen Instituts, einen mittelgroßen Wald, ein Kino namens »Brest«, ein Krankenhaus, ein Krematorium und den Parkplatz einer Kooperative mit einem einzigen Auto darauf; dem alten Wolga unseres Nachbarn Onkel Andrej. Außerdem befanden sich noch drei Einkaufsläden in unserer Straße: ein riesengroßes Geschäft namens »Fäden«, dann die stinkenden »Gaben des Meeres« und der Pavillon »Getränke«, vor dem sich schon morgens um halb acht eine Menge durstiger Männer und Frauen drängelte. Damals fand ich das Geschäft »Fäden« total abgefahren, weil es dort außer lauter verschiedenen Fäden nichts gab. Ich war sogar ein wenig stolz, in der Nähe eines solchen Unsinns zu wohnen und erzählte immer gerne davon – bis ich Jahre später in Wolgograd ein drei

Stockwerke hohes Kaufhaus namens »Streichhölzer« entdeckte.

Als Kind ging ich zur grünen Schule. Ich musste acht Jahre lang täglich am »Getränke«-Pavillon vorbei, und dann noch durch den Wald, den die »Getränke«-Stammgäste zu ihrer Kneipe gemacht hatten. Auf dem Weg zur Schule habe ich damals mehr gelernt als in der Schule selbst. Die Akademiker-Pawlow-Straße war eine relativ ruhige Gegend, die Kinder spielten immer draußen. Die Eltern brauchten keine Angst zu haben, dass ihre Brut unter die Räder kam. Für den Autoverkehr war die Straße ungeeignet; es konnte nämlich immer nur ein Wagen den Akademiker-Pawlow entlangfahren – kam ihm ein zweiter entgegen, krachte es. Weit und breit gab es keine bissigen Hunde, dafür aber eine Unmenge hungriger Katzen, die sich vor den »Gaben des Meeres« versammelten. Im Wald konnte man für dreißig Kopeken ein Glas Portwein unter den Bäumen erwerben. Egal, ob Winter oder Sommer, die Akademiker-Pawlow-Straße sah immer gleich aus, man hatte das Gefühl, die Zeit sei hier stehen geblieben. Die jammernden Katzen, die Waldsäufer, der alte kaputte Wolga auf dem Parkplatz, so ist sie in meiner Erinnerung geblieben.

Ganz anders meine jetzige Wahlheimat nun, die Schönhauser Allee. Sie verändert sich alle zwei Stunden, und ist total von der Außentemperatur abhängig. Steigt die Temperatur, geht sofort ein Hollywoodfilm los: Rote Kabrios mit stolzen Strafzetteln an den Windschutzscheiben rollen aus ihren geheimen Verstecken an, halb angezogene langbeinige Models zeigen dem Publikum die neuesten Trends der Saison. Die jungen Skateboarder durchbohren in bunten T-Shirts die Menschenmassen. Freundliche Außendienstler verteilen vor den »Schönhauser Arcaden« lustige Luftballons, frische Zeitungen und manchmal sogar Zigaretten – alles umsonst. Das Minimumprogramm fürs Paradies, das mein Freund Juri einmal entwickelt hat – jedem Kind ein Eis, jeder Frau eine Blume, jedem Mann ein Bier –, scheint hier endlich zu funktionieren.

Doch diese feierliche Stimmung ist nicht von Dauer. Kaum ziehen Wolken auf, verändert sich die Allee. Die roten Kabrios verschwinden von der Bildfläche, die schönen Models lösen sich in Luft auf, die Außendienstler und die Skateboardfahrer flüchten.

Blitzschnell verwandelt sich die ausgelassene Menschenmenge auf der Schönhauser Allee in einen Haufen frustrierter Langzeitarbeitsloser mit »Plus«-Tüten in der Hand. In nassen Jeans hocken die Obdachlosen unter den Markisen der Läden. Die Straßenkids hängen an einer überfüllten Mülltonne herum. Sie haben nicht genug Geld fürs Kino und wissen nicht, wohin mit sich. Sie wirken niedergeschlagen. Der Regen wischt die bunten Farben von den Fassaden, die Häuser werden wieder grau, die Wände faltig und alt. Die Straße leert sich, selbst die Autos fahren auf einmal schneller. Nur der gelbe Lieferwagen mit der Aufschrift »Kurier Express«, der seit über einem Jahr an der Ecke Schönhauser Allee und Kuglerstraße steht, rührt sich auch weiterhin nicht von der Stelle.

»Was denkst du, wo all die roten Kabrios von der Schönhauser Allee sind, wenn es hier kalt und regnerisch wird?«, fragte ich einmal meinen Nachbarn, Peter, der als Taxifahrer sein Geld verdient und sich im Verkehr gut auskennt.

»Keine Ahnung. Woher soll ich das wissen?«, murmelte er und ging weiter.

Unsere Nachbarn

Einmal verschlug mich das Schicksal nach Alt-Moabit. Ich hatte dort eine Lesung in einer Buchhandlung. Während der Lesung hörte man von draußen Polizeisirenen, Schreie und anderen Lärm, den man sonst eigentlich nur von Hollywoodfilmen kennt. Später erzählte mir der Buchhändler, während meiner Lesung sei der »Penny Markt« in dem Haus nebenan ausgeraubt worden und ein Fluchtwagen habe außerdem das Gebäude des Amtsgerichtes gerammt. »Das ist typisch für unsere Gegend«, meinte er. Wir standen draußen vor dem Geschäft und rauchten. Ich unterhielt mich mit einigen Gästen, die etwas zu spät zu der Lesung gekommen waren und deswegen nicht mehr hineingedurft hatten, weil die Polizei die Straße abgesperrt hatte. Nicht wegen der »Penny Markt«-Räuber, sondern weil in dem Schulhof der Realschule zwei Häuser weiter ein Schüler einen anderen abknallte. Ich war von der Kriminalität in Alt-Moabit schwer beeindruckt.

»Das ist ja richtig Wilder Westen hier«, meinte ich. »Bei uns im Prenzlauer Berg ist nichts dergleichen zu sehen.

Da haut höchstens einer aus Liebeskummer mit dem Baseballschläger ein paar Schaufenster kaputt. Und in der Presse wird dabei ständig behauptet, die Kriminalität schleicht aus dem Osten heran.«

»Kommt darauf an«, meinten die Alt-Moabiter zu mir. »Drogenmafia und Raubdelikte sind eher eine westdeutsche Angelegenheit. Dafür kommen aber die Kinderficker alle aus dem Osten.« Draußen knallte es schon wieder.

Nach dem drittem Anlauf gelang es mir ein Taxi zu stoppen und nach Hause zu fahren. Dort wartete schon Besuch. Unsere Nachbarn Carsten und Susanne waren gerade dabei, neue Geschichten aus ihrem Arbeitsleben zu erzählen. Die beiden haben so interessante Jobs, dass ich nicht müde werde, ihre Geschichten anzuhören. Susanne ist Krankenschwester in einer Reha-Klinik und erzählt uns immer wieder von ihren Nachtschichten. Der kleine blinde Zwerg hatte letztens eine neue Niere bekommen von einem Mann, der 200 Kilo wog. Jetzt ist der Zwerg, der sein ganzes Leben lang im Krankenhaus verbracht hat, unglaublich aktiv geworden. Er hat sich richtig in seine neue Niere verliebt; er will alles über sie wissen und terrorisiert das Personal mit Fragen, wie sie denn wohl aussehe. Alle haben seine Niere gesehen, nur er nicht – weil blind. Manchmal redet er auch mit seiner Niere und nennt sie jedes Mal bei einem neuen Namen. Der Zwerg gehört zu Susannes Lieblingspatienten. Sie muss aufpassen, dass er auch weiter so fröhlich bleibt.

Neben dem Zwerg liegt eine andere Patientin von Susanne, eine alte Frau die alle Geräte im Zimmer nachpiepst. Außerdem versucht sie den Zwerg immer anzufassen, wenn er im Krankenzimmer herumrennt. Die ganze Zeit hat Susanne einen Defibrilator auf dem Rücken. Wenn ihr Reha-Pieper piept, heißt das, jemand im Krankenhaus ist gerade dabei, den Geist aufzugeben. Dann muss Susanne mit dem Defibrilator losziehen.

Auch Carsten hat einen tollen Arbeitsplatz. Er arbeitet in Neukölln im »Haus des älteren Bürgers« und ist dort für die Inkontinenten-Singgruppe zuständig. Jede Woche versammelt sich diese Gruppe in dem großen Saal des Hauses, um ein Kartoffellied zu singen. Carstens Aufgabe ist es, die Stühle für die Gruppe aufzustellen. Außerdem soll er jede Woche eine neue Strophe zum Kartoffellied dazu reimen. Am Wochenende macht Carsten Hausbesuche. Er hilft den alten Leuten, die ihre Rente irgendwo in ihrer Wohnung versteckt haben und dann nicht mehr finden können, wieder an das Geld zu kommen. Darin ist Carsten ein richtiger Profi geworden und kann mit geschlossenen Augen in jeder fremden Wohnung Geld finden. Nur in seiner eigenen kann er das nicht, weil sowohl seine Arbeit als auch die von Susanne so schlecht bezahlt werden.

Carsten studiert zur Zeit Leibniz, besonders interessiert ihn die berühmte Monadenlehre. Auch an diesem Tag war er ganz voll davon. »Wir bestehen alle nur aus Monaden und die ganze Welt um uns sowieso«, meinte er bestürzt. Wir tranken Tee, und ich versuchte Carsten zu beruhigen. »Das Leben lässt sich in keine Theorien packen. Ich bin zum Beispiel stolz, eine Monade zu sein. Ja warum eigentlich nicht?«

Wir kuckten aus dem Fenster: Im Westen verschmolz eine runde, knallrote Monade mit dem Horizont, im Osten hing eine andere, gelb und wie mit Tinte befleckt. Es war still im Haus. Ich schaltete das Radio ein. »Sie hörten ein Monadenkonzert von Brahms«, verkündete plötzlich eine süßliche Stimme aus dem Lautsprecher. Es dämmerte.

Berühmte Persönlichkeiten auf der Schönhauser Allee: John Malkovich

»Wer ist eigentlich dieser gewalttätige Mongole, der bei eurer Russendisko ständig durch den Raum irrt, mit einem Gesichtsausdruck, als wollte er jemanden ermorden?«, fragte mich neulich eine Journalistin aus der Schweiz.

»Was für ein Mongole?«, wunderte ich mich.

»So ein großer, mit kräftigen Schultern, bösen Augen und einem Holzkreuz auf der Brust.«

Mir wurde klar, dass sie Malkovich meinte. »Dieser Mongole«, sagte ich, »ist kein Mongole, er kommt aus Saratow und heißt bei uns der Schauspieler Malkovich.« Der Gesichtsausdruck eines Killers ist ihm angeboren. In Wirklichkeit tut er aber keiner Fliege etwas zu Leide, er ist ganz harmlos, ein bisschen verrückt vielleicht, wie alle Schauspieler, aber nicht übermäßig. Er kam wie ich auch 1990 nach Deutschland und beantragte politisches Asyl. Normalerweise dauert es hier Jahre, bis ein Asylbewerber abgelehnt wird, aber im Falle Malkovichs gab sich die deutsche Bürokratie richtig Mühe. Bereits 24 Stunden nach seinem Antrag sollte er schon wieder abgeschoben werden.

In trauriger Stimmung schlich er zu einer Kneipe am Amrumer Platz, um dort sein letztes Geld zu versaufen. Da passierte ein Wunder: Die Wirtin verliebte sich in Malkovich. Sie setzte sich sofort mit einem Rechtsanwalt in Verbindung und schaffte es, den Mann bereits 23 Stunden später zu heiraten. Die Liebe besiegte die Bürokratie. Mit der Wirtin lebte Malkovich danach fünf Jahre zusammen, drei Kinder sind aus dieser Ehe entstanden; zwei Mädchen und ein Junge. Malkovich erwies sich als hoffnungsloser Faulenzer, als der geborene Arbeitslose. Mit seinem finsteren Aussehen konnte er leicht russische Mafiosi in deutschen Filmen darstellen, aber er war ein zu schlechter Schauspieler, besser gesagt eine zu ehrliche Haut: Er konnte niemanden imitieren. Jedes Mal, wenn er etwas vorspielen sollte, wurde er rot im Gesicht und schwitzte. Sofort wusste jeder, dass er schauspielerte.

Für mich ist es immer noch ein Rätsel, wie solch ein Mann Schauspieler werden konnte. Ein russischer Regisseur erzählte mir einmal, wie es früher in der Sowjetunion mit der Schauspielausbildung war: Alles lief nach Plan. Die Theaterschulen bekamen Anweisung vom Kulturministerium, in diesem Jahr zum Beispiel junge Menschen mit einem besonderen Gesichtsausdruck zu finden und sie zum planmäßigen Termin in die zahlreichen Theaterhäuser der Sowjetunion zu liefern, wo sie Soldatenmassen oder das Volk etwa bei der Darstellung der großen Oktoberrevolution mimen mussten. So ein Schauspieler war auch Malkovich – ein typisches Opfer der Planwirtschaft.

Lange Zeit hat er überhaupt keine Rollen bekommen, gab aber trotzdem nicht auf und versuchte immer wieder mithilfe einer Agentur seinen Mafiablick zu verkaufen.

1997 gelang ihm endlich der Durchbruch: Er wurde für die Werbespotserie »Ich bin doch nicht blöd« des »Mediamarktes« engagiert. Der Werbefilm lief damals im Fernsehen lange genug, um jeden zu erreichen: Malkovich stand in voller Größe in einem Kaufhaus und hielt eine Tüte mit dem »Mediamarkt«-Logo in der Hand. Er war wie ein Mafiosi gekleidet, mit einer dicken Goldkette um den Hals und allem, was dazugehört. Ein Journalist kam mit dem Mikro in der Hand auf ihn zu und fragte: »Ah, Sie sind auch hier?« »Ich bin doch nicht blöd«, antwortete Malkovich, und wurde ganz rot im Gesicht.

Er sah in dieser Rolle total unglaubwürdig aus. Man hatte ständig das Gefühl, der Mann mit der »Mediamarkt«-Tüte lügt. Doch Malkovich selbst war auf seine schauspielerische Leistung sehr stolz und benahm sich eine Weile wie ein erfolgsverwöhnter TV-Star. »Ah, heute war ich schon wieder im Fernsehen«, seufzte er jedes Mal, wenn wir uns auf der Straße trafen. Leider erwies sich schon wenig später der »Mediamarkt«-Auftritt als der Höhepunkt seiner Karriere. Lange Zeit bekam er keine neuen Aufträge. Doch vor kurzem erschütterte eine neue Nachricht die Szene: Malkovich soll als Fotomodell für den »Heine«-Versandhauskatalog fotografiert worden sein und dabei ganz viel Geld bekommen haben, deswegen säße er nun jeden Tag in einer teuren Kneipe und trinke

Whisky. Er selbst wollte uns nicht sagen, für welches »Heine«-Produkt er Werbung gemacht hatte, und sein merkwürdiges Schweigen gab Anlass zu den wildesten Spekulationen. Vielleicht musste er irgendwelche Dessous mit pornografischen Gesten vorführen?

»Sag mal, Malkovich, was steht bei diesem Katalog eigentlich auf dem Cover«, fragten wir ihn.

Er machte ein wichtiges Gesicht und sagte: »Dort steht ›Heine – immer etwas Besonderes!‹«

»Aber dieser Spruch steht doch auf jedem deutschen Katalog«, erwiderten wir, und quälten uns dann später damit, dass wir alle »Heine«-Kataloge, die wir in die Hände kriegen konnten, durchblätterten: Die Sommerkollektion, die Winterkollektion und wieder die Sommerkollektion – alles vergebens. Unser Mann war nirgends darin zu finden. Bis meine Frau ihn eines Tages in einem speziellen »Heine«-Unterwäschekatalog entdeckte: Malkovich trug rote Slips und ein T-Shirt in derselben Farbe und kuckte sehr ernst. So als wäre er gerade von gründlichen Banditen ausgeraubt und entkleidet worden. Doch an seinen Augen konnte man ablesen: »Ein zweites Mal wird mir so etwas nicht passieren.«

Nachwort

Die Erde ist rund. Viele Menschen besitzen außergewöhnliche Fähigkeiten, finden aber dafür keine Verwendung. Manche können sehr schnell laufen, müssen aber nicht. Sie werden nie von jemandem verfolgt und verfolgen auch selbst niemanden. Mancher würde für so eine Fähigkeit viel geben, hat aber nichts.

Ein Freund von mir, der in Moskau lebt, kann allein mit der Kraft seines Geistes schwere Gegenstände in Bewegung bringen, besitzt aber selbst keine. Ein anderer Freund aus Berlin hat eine ganze Menge davon, aber die geistige Kraft sie zu bewegen fehlt ihm völlig. Höchstens sein Auto kann er bewegen, weiter nichts. Was tun? Ganz einfach, die beiden müssen sich treffen. Der eine wie der andere verreisen gerne und treffen sich dann auch bestimmt, wie sich früher oder später alles hier trifft – weil die Erde bekanntlich (s. o.).

Gruppeninteressen entstehen, die Menschen bilden verschiedene Einheiten, tauschen Erfahrungen miteinander aus, besuchen Yogakurse, und irgendwann können praktisch alle alles. Außergewöhnliche Fähigkeiten werden zum Gemeingut. Die individuellen Probleme werden mithilfe der modernen Medizin eins nach dem anderen beseitigt. Nur die Frage nach dem Sinn bleibt.

Die Wahrnehmung der Realität ändert sich laufend, immer wieder entstehen neue philosophische und gesellschaftliche Konzepte, die sich mit der Frage beschäftigen, was das Ganze soll. Es findet ein Prozess der permanenten Neubewertung statt.

Was hat sich aber wirklich verändert?

Alles.

Und was ist geblieben?

Die Menschen verreisen immer noch gern, sie beschäftigen sich gern mit Problemen, die sie überhaupt nichts angehen und die Erde ist immer noch (s. o.).

Was hat nun das alles mit der Schönhauser Allee zu tun?

Ganz einfach: Ich wohne dort.

Als Kind hatte ich eine große Achtung vor dem gedruckten Wort. In meiner alten sowjetischen Geburtsurkunde stand ganz unten: *»Hiermit erkläre ich den Genossen Wladimir Kaminer, Sohn von Frau Kaminer und Herrn Kaminer, wohnhaft da und da, für geboren. Dem Geschriebenen glauben.«* Es folgte die Unterschrift: *»Der stellvertretende Notar Herr Rachkowskij.«* Als ich fünf Jahre nach der Geburt lesen lernte und die Urkunde studierte, dachte ich, Herr Rachkowskij sei der Schöpfer. Also gewöhnte ich mir an, dem gedruckten Wort mehr Glauben zu schenken als der eigenen Wahrnehmung.

Auf der Schönhauser Allee, die seit über fünf Jahren

meine Wahlheimat ist, ereignen sich ständig merkwürdige Geschichten. Jedes Mal, wenn ich sie jemandem erzähle, denkt derjenige, ich spinne. Dadurch werde ich auch selbst unsicher – vielleicht ist alles doch nur im Traum passiert? Das würde jedoch bedeuten, dass ich selbst auch eine imaginäre Figur bin, die mit dem wirklichen Leben nichts zu tun hat. Aus Angst zu verschwinden, habe ich einige dieser Ereignisse zu Papier gebracht, damit sie eine gewisse Glaubwürdigkeit gewinnen, in erster Linie in meinen eigenen Augen. Mit diesen Notizen schlage ich also zwei Fliegen mit einer Klappe: Nun wissen alle, was auf der Schönhauser Allee los ist, und meine Realitätswahrnehmung wird gestärkt. Wenn ich dann zukünftig etwas über das Leben hier erzähle, und mir wieder keiner glaubt, sage ich ganz locker: »Übrigens, das alles ist schon längst wissenschaftlich bewiesen und in so einem dicken Buch von mir aufgeschrieben worden.« Dann werden sie bestimmt ganz anders kucken.

Und noch etwas: Alle mir bekannten Personen, die in dem Buch vorkommen, kriegen von mir selbstverständlich eine Entschädigung dafür. Vor allem meine Nachbarn und die Familie Dong. Ich will ja noch nicht umziehen. Alle anderen Personen, die vielleicht beim Lesen auf die Idee gekommen sind, sie seien in der einen oder anderen Weise in diesem Buch ebenfalls präsent, möchte ich gleich eine Autorengarantie geben: *Sie sind es nicht.*

Ihr Autor